Larguer les emmerdes et les amarres avec

Lucy DUPLOM

LARGUER LES EMMERDES ET LES AMARRES AVEC

Roman

« Le Code de la propriété intellectuelle interdit les copies ou reproductions destinées à une utilisation collective. Toute représentation ou reproduction intégrale ou partielle faite par quelque procédé que ce soit, sans le consentement de l'auteur ou de ses ayant droit ou ayant cause, est illicite et constitue une contrefaçon, aux termes des articles L.335-2 et suivants du Code de la propriété intellectuelle. »

© 2025 Lucy Duplom
Édition : BoD · Books on Demand, 31 avenue Saint-Rémy, 57600 Forbach, bod@bod.fr
Impression : Libri Plureos GmbH, Friedensallee 273, 22763 Hamburg (Allemagne)
ISBN : 978-2-3225-3513-2
Dépôt légal : Avril 2025

« Quelquefois, il y a des sympathies si réelles, que se rencontrant la première fois, on semble se retrouver. »

Alfred de Musset,
Poète et écrivain français du 19e siècle.

À Chantalou,

1

Alba

La carte magnétique glisse dans la serrure et émet un bip discret. Un petit voyant vert clignote aussitôt, Alba ouvre la porte.

— ¡ Dios mío ![1]

Sous ses yeux ronds de surprise, se dresse un véritable capharnaüm, qui la rendrait presque instantanément aveugle tant la vision est choquante. Elle n'avait jamais vu cela auparavant – du moins, depuis les douze mois qu'elle travaille ici. La clientèle huppée qui fréquente les lieux ne l'avait pas habituée à cela. Et pourtant, certains de ceux qui ont les moyens de s'offrir une nuit dans cet établissement, semblent de toute évidence ne porter aucun intérêt à l'endroit, ni même respecter le « petit » personnel.

Alba soupire. Il sera midi dans à peine plus d'une heure trente et elle ignore totalement

---

[1] Mon Dieu !

comment s'y prendre pour nettoyer, ranger et remettre en état l'immense suite – de la façon la plus irréprochable qui soit, cela va de soi – et pointer sa fin de service dans les temps.

La jeune femme se lève à 04 h 00 tous les matins – même le dimanche. Toujours la même routine : se lever du canapé et déplier son jeune dos déjà en vrac, avaler un rapide petit déjeuner (Alba n'a jamais très faim au réveil, mais elle s'oblige malgré tout à avaler une bricole, afin d'être épargnée d'une grosse fringale en plein milieu de la matinée, qu'elle n'aurait de toute façon pas le temps de combler. Donc, une grande tasse de thé vert sans sucre et deux tranches de pains grillés, suffisent à la rassasier jusqu'à sa pause déjeuner), et faire un brin de toilette devant un lavabo tout émaillé.

Elle referme la porte de son T2 chaque matin à 05 h 10 précises. En bas de son immeuble, elle traverse la route et attend le tramway. La ligne A. 05 h 17. Elle s'installe toujours à la même place : celle située le plus proche des portes avant, pensant ainsi qu'elle pourra s'échapper plus vite que tout le monde. Pourtant, comme toutes les autres, elles se retrouvent vite obstruées par une horde de voyageurs, bruyante et envahissante, contraignant les passagers arrivés à destination, de quitter la rame en se prenant pour des contorsionnistes chevronnés.

Seize arrêts plus loin, elle descend à son tour. 05 h 46. Elle fait quelques pas, longeant le palais de justice sur sa droite puis grimpe dans le bus, le numéro 1. Synchronisation parfaite.

Le véhicule est moyennement rempli mais Alba reste debout – elle franchira les portes dans le sens inverse que six petites minutes plus tard. Puis, une dernière marche de plusieurs dizaines de mètres la sépare désormais de son lieu de travail.

Le Palais Gallien. L'un des hôtels les plus fastueux de l'agglomération bordelaise.

Le personnel – quel qu'il soit : homme et femme de ménage, cuisinier, voiturier, groom ou encore hôte et hôtesse d'accueil – n'emprunte pas l'entrée principale. Bien qu'il soit régulièrement considéré, bien traité et surtout généreusement rémunéré, il n'a pas ce privilège. Malgré tout, Alba ne peut s'empêcher de faire un léger détour et contempler cette façade aux traits à la fois élégants, sobres et raffinés. Ses beaux garde-corps en fer forgé et sa belle pierre de taille, décorent harmonieusement les trois niveaux, et sa toiture, recouverte de petites tuiles d'ardoise grise et ponctuée de lucarnes anguleuses, donne à l'ensemble une allure majestueuse.

Et ce n'est que le sommet de l'iceberg.

Passant la lourde porte d'entrée, les clients les plus chanceux peuvent apprécier un long couloir aux couleurs claires et délicates, desservant les pièces communes et les amenant jusqu'à l'arrière du bâtiment, dévoilant ainsi un coquet jardin de pelouse synthétique – mais de qualité irréprochable – et une piscine privative, dont la surface calme et lisse, renvoie le reflet parfait du mur en pierres qui n'a rien à envier à celui visible depuis l'extérieur.

06 h 00. Alba sort du vestiaire avec son chariot et son uniforme d'usage : une blouse noire, mi-longue et près du corps, recouvre ses fins genoux et ne laisse apparaître que deux mollets bien dessinés. La longue patte de boutonnage est légèrement décalée sur un côté, et seuls les revers des poches latérales, des manches trois-quarts et du grand col claudine, apportent une touche de blanc à l'ensemble. Ses longs cheveux bruns sont

attachés soigneusement et forment un parfait chignon à l'arrière de sa tête. Son badge épinglé au-dessus de sa poitrine, elle est à présent prête à commencer sa journée – ou plutôt, sa matinée.

Alba travaille six heures par jour du lundi au dimanche, entre 06 h 00 et midi (malgré tout, elle bénéficie légalement d'un jour de repos par semaine). Un travail éreintant, mais qui lui permet de parfaire son apprentissage de la langue, de payer sa part du loyer, de manger à sa faim et de découvrir les coutumes, et surtout la cuisine française, si réputée.

La porte toujours grand ouverte, Alba est postée sur le seuil, immobile. Il lui faut un instant pour prendre conscience de l'étendue des dégâts. Puis, surprise par des voix qui proviennent du couloir, elle s'empresse de disparaître.

Le dos appuyé contre le battant refermé, Alba est à deux doigts de s'effondrer en larmes, mais elle s'interdit de renoncer. Elle tient à garder cet emploi.

Seul hic, elle ne sait pas par quel bout commencer.

2

Carole

— Whisky ! Mais qu'est-ce que tu fabriques ? Regarde un peu où tu vas !

Carole tente de démêler le cordon de la laisse qui s'est entortillé autour du réverbère. Et bien sûr, l'animal ne lui répond pas. Néanmoins, il semble s'amuser des propos faussement énervés de sa maîtresse – le métronome qui lui sert de queue et sa langue sortante, en témoignent.

— Comment je vais défaire tout ça moi maintenant ? Bien joué ! Ça va nous mettre en retard, il va encore s'énerver. Et puis tu pourrais m'aider aussi, au lieu de sauter partout !

Au bout de quelques longues minutes, Carole est enfin arrivée à bout du gros nœud, et le petit cabot surexcité ne lui a pas rendu la mission facile. Il fait presque nuit à présent. Déjà ? Elle n'est pourtant pas partie longtemps, juste après le dîner, comme chaque soir. Il devait être 20 h 30 à peine. On dirait que la nuit tombe plus vite dans le Nord que dans d'autres régions plus au sud, et quelle que soit la saison d'ailleurs.

Pour Carole, les soirées ont toujours une saveur amère. Une étrange sensation, causée par cette obscurité naissante qui l'angoisse, synonyme de fin de journée, d'approche de nouveaux lendemains routiniers, et surtout, de retour à la maison.

21 h 38. Carole est sur le pas de la porte, une main sur la poignée et l'autre soutenant Whisky, dont les quatre pattes sont tout dégoulinantes de boue.

— Allez ! On y va ? Et cette fois-ci, inutile de me faire les yeux doux, tu n'échapperas pas à un petit tour dans la baignoire.

Carole ouvre la porte et entre. Tout est silencieux. Ce calme inhabituel l'inquiète, et quelque part, la rassure peut-être aussi.

La petite boule de poils toujours sous le bras, Carole commence à grimper l'escalier, quand d'importants ronflements s'échappent du salon et lui parviennent. Elle se fige instantanément. Puis, le plus silencieusement possible, elle fait demi-tour et s'avance sur la pointe des pieds. Whisky se met à grogner.

— Tais-toi, s'il te plaît ! chuchote Carole.

Le bichon maltais obéit et cesse aussitôt de râler, toujours disposé à satisfaire les demandes de sa maîtresse.

Carole inspecte la pièce depuis le seuil : Serge est endormi sur le canapé, entouré d'une dizaine de canettes de bière, dont certaines ont répandu leur liquide sur le tapis aux couleurs défraîchies, et le plateau de la table basse en bois mélaminé, présente des traces brunes dont l'origine reste indéterminée – mais la cafetière à moitié vide, posée là, pourrait sans doute les expliquer.

Le cœur battant, Carole avance de quelques pas. Elle souhaite vérifier que son état de léthargie ne soit pas simulé, mais l'odeur qui inonde la pièce (un mélange de fluides corporels nicotineux et imbibés d'alcool), la stoppe net dans son élan.

Tant pis. Prise de haut-le-cœur, Carole tourne les talons et rejoint l'étage, sans oublier de passer par la salle de bain – chose promise, chose due, n'en déplaise à Whisky qui tente vainement de se débattre. Il est hors de question que ses coussinets remplis de terre, salissent les draps.

Après quelques acrobaties ridicules au-dessus de la baignoire, Carole est trempée mais assez satisfaite du résultat : son petit chien n'a jamais été aussi blanc.

Ce soir, tous les deux se satisferont de la petite télévision de la chambre, pour regarder leur émission préférée.

23 h 00. Whisky dort à poings fermés au pied du lit – l'énergie dépensée pour tenter d'échapper à sa toilette, l'a mis KO. Quant à Carole, ses paupières sont en train de lui rappeler qu'il est temps d'éteindre la lumière, et de dormir enfin. Elle s'exécute sur le champ.

23 h 01. L'ampoule de la petite lampe de chevet éclaire à nouveau. Carole regarde en direction de la porte, puis se relève.

3

Alice

— Bonjour Alice. Visiblement Martin s'est encore trompé. Ça va devenir une habitude. Tenez, cette lettre est pour vous.

Alice attrape l'enveloppe que lui tend sa voisine, et referme la porte sans prononcer un seul mot. Planquée derrière son œilleton, elle constate que Madame Perlot est toujours postée sur le palier. Elle grogne intérieurement et se surprend à rouvrir le battant d'un coup sec.

— Vous n'avez rien d'autre à faire ? C'est bien la nouvelle génération ça ! Ça glande toute la journée sous prétexte d'élever ses mioches, mais ça ne fait que profiter du système.

— Mais…

— Fichez-moi l'camp !

Décontenancée par autant d'agressivité, la voisine, au bord des larmes, tourne les talons. Alice, qui y est peut-être allée un peu fort, rajoute avant qu'elle ne disparaisse dans les étages supérieurs :

— Merci quand même pour la lettre !

Puis elle claque à nouveau la porte.

Le son franc résonne sous les pas de Madame Perlot, qui regagne le troisième étage, en pleurs cette fois-ci.

Alice jette la lettre sur le guéridon de l'entrée. Le courrier vient s'ajouter à une kyrielle d'autres enveloppes, toujours cachetées elles aussi.

— Pfff ! Certainement encore ces saletés de publicités m'annonçant que j'ai gagné des millions. Pour ça, il faudrait déjà que je joue et surtout, que j'en ai besoin !

Alice rejoint son salon. Ses pantoufles en tartan frottent le sol en parquet naturel. Elles sont dotées de semelles adaptées à ce genre de revêtement fragile, et évitent ainsi toute rayure disgracieuse. Alice ne s'en remettrait pas. Elle menait déjà la vie dure à son époux, ainsi qu'aux invités qu'ils recevaient, pour qu'ils se déchaussent à chacune de leur visite. Mais son intransigeance a payé : son appartement a le plus beau sol de toute la résidence, mais pas que. Les plus belles moulures au plafond aussi, ainsi que le plus grand balcon, qu'elle n'utilise d'ailleurs guère (voire jamais), trouvant trop bruyants le peu de véhicules qui empruntent la rue d'en bas, pourtant tranquille depuis que le maire a décidé de la mettre à sens unique. Les nombreuses sollicitations d'Alice l'auront contraint d'agir vite (très vite), sous peine de voir débouler une fois de plus dans son beau bureau, « cette vieille mégère aigrie, têtue, bouchée comme un pot, et répandant une insupportable odeur de naphtaline ».

Lors d'une dernière visite dans les locaux de la mairie de son arrondissement, Alice avait « malencontreusement » écouté aux portes, et elle doit reconnaître que cet homme a une représentation assez dégradante des personnes âgées tout de même ! Quoique, en ce qui la concerne, mis à part le parfum (le sien sent la pivoine) et les problèmes auditifs (elle sait feindre à merveille la surdité), il n'était pas si loin de la vérité.

Alice profite du calme qui règne chez elle. Avant de préparer son déjeuner, elle s'assoit dans le fauteuil à mémoire de forme qu'elle s'est offert il y a deux semaines, reconnaissant que ses sorties se faisaient de plus en plus rares, et ses séances devant la télévision beaucoup plus fréquentes. Il lui fallait donc du matériel de qualité. Et qui dit de qualité, dit forcément cher. Mais Alice s'en moque. Feu son époux, lui a laissé une petite fortune qu'elle garde bien au chaud pour… Pour quoi d'ailleurs ? Et surtout pour qui ? Alice, elle-même, n'en a pas la moindre idée.

Elle sait en revanche ce qu'elle ne veut pas : sans enfant, sans famille et sans amis – ceux qu'elle fréquentait du temps de Lucien sont tous morts eux aussi –, léguer toute sa richesse à une œuvre caritative, ne fait pas partie des options qu'elle retiendrait. Et puis, elle compte bien vivre encore quelques années. Bien qu'elle ait passé la barre des 90 ans, elle se refuse de penser à cela pour le moment : au jour où sonnera son heure. Elle est en pleine forme – certes, un peu moins fringante qu'il y a encore un an – mais en pleine forme quand même.

4

Alba

Le lit King Size est totalement dépourvu de draps mais, par chance, le matelas semble intact. Les grandes étoffes de soie blanches sont répandues un peu partout sur le sol, et tiennent compagnie à de nombreux mouchoirs en papier usagés, paquets de cigarettes vides et débris de bouteilles de champagne cassées. Parmi tout ce désordre – et le mot est faible – Alba aperçoit un objet insolite qui n'a rien à faire ici : la balayette des toilettes trône sur un monticule de linges sales – celui mis à disposition des clients : peignoirs et serviettes – et inutile de préciser qu'à première vue, sa couleur d'origine n'est plus du tout évidente.

— ¡ Los odio ![2]

10 h 35. Alba a déjà perdu un temps précieux, mais avant de commencer ce pour quoi elle est

---

[2] Je les déteste !

payée, elle ne peut s'empêcher d'inspecter toutes les pièces, craignant à chaque porte poussée de découvrir encore pire.

La salle de bain.

La baignoire d'angle est pleine d'une eau crasseuse dans laquelle flottent ce qui ressemble à des sous-vêtements féminins hors de prix – si elle en croit les étiquettes éparpillées sur le carrelage, et le nom de la boutique qui figure sur les sacs de papier glacé, pendus sur les patères en acier (eux, au moins, auront eu un meilleur sort que tous les autres objets abandonnés ici et là).

Les toilettes débordent. Qu'ont-ils bien pu avoir jeté là-dedans ? Et les rouleaux de papier, initialement pliés avec la plus grande attention, pourraient voler la vedette aux guirlandes d'un sapin de Noël – sans le côté festif et scintillant, bien entendu.

Une substance non identifiée rend collantes les semelles d'Alba, qui crissent à chacun de ses pas. Elle s'efforce de ne pas y prêter attention, son estomac est déjà au bord de l'agonie.

— ¡ Es repugnante ![3]

---

[3] C'est répugnant !

Le petit salon.

Pour y accéder, Alba est obligée de passer à nouveau devant le souk de la partie nuit. Quelle catastrophe ! Plus de temps à perdre, le petit salon attendra encore un peu.

Alba enfile des gants de protection en latex et commence à ramasser tout le linge qui traîne – tout ce qui peut se laver en machine à plus de 90°C – et le dépose dans les containers prévus à cet effet, qui habillent les côtés de son chariot. Elle jette également tout ce qui doit l'être dans les sacs poubelle, et au fur et à mesure du nettoyage et du rangement, Alba se détend un peu, et affiche même un léger sourire de soulagement : elle perçoit enfin le beau parquet chevron clair, qui ne semble pas avoir souffert du passage de ces odieux individus.

La double porte du petit salon est fermée, comme toutes les autres. Alba pousse les deux battants et découvre, stupéfaite, le corps d'une femme allongée, le ventre à même le sol. Elle est presque entièrement nue. Seul un caleçon d'homme, trop grand pour elle, l'habille du bas de son dos jusqu'au milieu de ses cuisses.

— ¿ Es una broma ? En principio, ya no se hace novatadas después de un año de servicio, no ?[4]

Alba n'ose pas s'approcher de la jeune femme. Elle sait néanmoins qu'elle est en vie aux ronflements qu'elle perçoit. Bizarrement, cette pièce semble avoir été épargnée et, contrairement au reste de la chambre, cet endroit n'a pas besoin d'elle, tout paraît à sa place et relativement propre. Elle y reviendra sans doute un peu plus tard, s'il lui reste du temps. Mais pour l'heure, elle se fait discrète et referme les deux portes, pour continuer son travail dans les autres pièces.

Elle craint néanmoins que le bruit de l'aspirateur vienne troubler le sommeil profond de la *Belle aux bois dormants,* dont manifestement, le prince charmant s'est fait la malle, sans s'encombrer du fameux baiser magique et libérateur.

Tant pis. Alba avisera de la meilleure façon d'agir si elle venait à tomber nez à nez avec l'intruse, qu'une fois avoir tout remis en état. Et vite ! L'heure tourne.

---

[4] C'est une blague ? En principe, on ne fait plus de bizutage après un an de service, non ?

11 h 58. Alba a battu un temps record. Elle ne s'en vantera pas pour autant auprès de Madame Brival, néanmoins, elle espère qu'elle n'aura pas à vivre cela une nouvelle fois. Quel toupet de laisser un endroit dans un état pareil !

Au moment de quitter la chambre, elle jette un dernier coup d'œil et se félicite du travail accompli. Puis une chose lui revient tout à coup en mémoire, et elle ne peut retenir ses propos.

— ¡ Mierda, se me había olvidado por completo esa !⁵

Prudemment, Alba pousse les deux portes battantes du petit salon puis regarde à l'intérieur.

Elle reste stupéfaite.

Le corps étendu là quelques heures plus tôt, a disparu.

---

[5] Merde ! Je l'avais complétement oubliée, celle-là !

5

Carole

Le verrou intérieur qu'elle a installé il y a quelques semaines, est toujours là. La plupart du temps, en journée, la porte de sa chambre reste grand ouverte et se charge donc de le dissimuler.

Carole ne compte plus les fois où il l'a passée à tabac. Et sans raison – bien qu'aucune ne le justifierait véritablement. Trois fois ? Dix fois ? Cinquante fois ? Elle essaie de se comporter « comme il faut » à chaque fois, afin d'éviter qu'il ne se mette en colère.

La dernière dispute fut violente. L'idée de l'acquisition d'une voiture pour ses déplacements personnels, fut l'élément déclencheur. Elle a essayé pourtant de trouver des arguments, elle est même parvenue à lui tenir tête, un peu, mais il ne l'écoutait pas. La colère le transcendait tout entier. Rien que le fait qu'elle ait, ne serait-ce que pensé à quelque chose sans lui en parler avant, –

bien que cela n'aurait strictement rien changé –, l'a fait dégoupiller. Encore une manière de faire valoir l'emprise qu'il a sur elle.

Deux côtes cassées et la pommette droite enfoncée, voilà ce que Carole aura récolté.

Bien qu'elle lui ait promis ce jour-là de ne plus jamais aborder le sujet, et qu'elle se soit une fois de plus soumise à ses exigences, elle est malgré tout fière de ce qu'elle a eu le cran de faire dans son dos.

Elle considère cela comme un premier pas vers le changement, vers cette indépendance dont elle rêve, dont elle a tellement besoin. Une allure de rébellion secrète, qui l'amènera petit à petit à prendre cette décision courageuse, qu'elle espère tant être capable d'assumer un jour.

6

Alice

La nonagénaire est veuve depuis trois ans et indécemment riche. Son appartement dans le sixième arrondissement de Paris est tout ce qu'elle possède – si l'on fait abstraction de son compte bancaire à six chiffres, de son étonnante collection de bouchons de bouteilles, et de ses vinyles de Luis Mariano.

Depuis qu'elle ne sort pratiquement plus de chez elle, Alice s'est trouvé un passe-temps favori : rendre la vie impossible à ses voisins. En réalité, cela remonte à un peu plus longtemps, mais cela a pris d'autres proportions depuis quelques semaines : quand elle ne se trompe pas d'appartement et tente bruyamment de faire entrer sa clé dans la serrure du voisin, elle oublie de fermer sa porte et chante (braille) à tue-tête, par-dessus la belle voix de Luis qui jaillit de son vieux tourne disque, ou encore, elle laisse grand ouvertes les portes du hall d'entrée au rez-de-chaussée, laissant ainsi la voie libre à tous les pigeons du quartier, qui dégueulassent de leur fiente collante, le sol en marbre et le bel escalier en pierre. C'est très poreux comme matériau, la pierre, et très difficile à ravoir.

Et devinez qui doit se coltiner le nettoyage ? Certainement pas Alice, qui sait jouer de son âge très avancé pour être épargnée de ce genre de tâches ingrates et éreintantes. Ses jeunes, vaillants et serviables voisins font ça très bien.

Ils lui pardonnent tout, pensant qu'elle gagate. À son âge, cela n'aurait rien d'étonnant, mais en réalité, Alice est simplement la Tatie Daniel de l'immeuble : acariâtre, détestable et impolie. Seul le facteur lui est sympathique. Elle a réussi à le mettre dans sa poche celui-là. Et Martin, la bonne soixantaine, ne semble pas insensible aux beaux yeux bleus de la « charmante vieille dame du premier ». Elle le sait, elle n'est pas dupe et n'a plus rien à apprendre sur la gente masculine. Elle a d'ailleurs réussi à obtenir de lui, une fois par semaine, de l'aider à distribuer le courrier dans les boites aux lettres joliment disposées le long du couloir de l'entrée. Et Alice a une méthode assez particulière et plutôt aléatoire de procéder.

Elles sont si proches les unes des autres, qu'il est parfois difficile de ne pas se tromper. Bah voyons ! Surtout quand on y met de la mauvaise volonté.

Ainsi, chaque samedi, vers la fin de matinée, elle se régale, espionnant sans la moindre honte au travers du judas, l'interminable ballet de ses voisins, agacés de se retrouver une nouvelle fois avec du courrier qui ne leur appartient pas. Des va-et-vient incessants, dans le but ultime de remettre à son propriétaire, la lettre ou le colis qui lui revient.

7

Alba

— Debout Conchita !

— ¿ Qué está pasando ?[6]

Alba ouvre péniblement les yeux. Cette garce de Cléo l'agresse avec le flash de son portable. Elle ne peut pas ouvrir les volets tout simplement ? Bien sûr que non ! Un peu de douceur l'étoufferait probablement.

Alba se demande combien de temps elle a dormi. Encore toute courbaturée de sa pénible vacation de la veille, elle aurait apprécié pouvoir prolonger son repos et être épargnée d'un réveil aussi brutal. Mais de toute évidence, sa colocataire en a décidé autrement.

— Tu as tous tes après-midi de libres et tu n'es même pas fichue de t'occuper de l'appart !

— Cléo ?

— Qui veux-tu que ce soit ?...

---

[6] Qu'est-ce qui se passe ?

Alba couvre ses yeux de la paume de ses mains pour les protéger de cette agression extérieure – le flash est toujours dirigé sur elle.

— … jusqu'à preuve du contraire, il n'y a que toi et moi ici. Allez bouge Conchita, la vaisselle de ce matin t'attend encore dans l'évier !

« Conchita ». Bien que ce nom d'origine espagnole soit une variante affectueuse du nom « Concepción », Cléo semble en avoir une tout autre définition.

À bientôt 23 ans, Alba ne devrait pas se laisser traiter de la sorte, elle le sait, mais c'est le seul logement qu'elle a trouvé lorsqu'elle a quitté son ancien travail, il y a un an. Elle ne supporte pas Cléo mais elle a nulle part où aller. Alors, elle prend sur elle et répond à toutes les demandes – ou plutôt les ordres – de sa colocataire, sans jamais manifester le moindre agacement. Et puis, Cléo paye les deux tiers du loyer à elle toute seule. Un avantage pas négligeable. Elle est complètement nulle en calcul, et à vrai dire, Alba ne s'est pas fait remarquer.

Cléo est tout le contraire de ce que son physique dégage à première vue : une femme grande, élégante, aux traits fins et gracieux, qui est en réalité perverse, indélicate, manipulatrice, jalouse, envieuse, imbue de sa personne et surtout totalement stupide. Elle travaille dans la mode. Elle vend des vêtements et accessoires de luxe dans l'une des plus belles boutiques du Cours de l'Intendance, célèbre rue piétonne qui offre une vue imprenable sur le Grand théâtre, quand on regarde en direction du Nord. Ce sont sans aucun doute ses attributs qui auront pris l'avantage sur ses neurones, au moment de l'entretien d'embauche. Une bombe avec le QI d'une huître, que son patron ne semble pas désapprouver le moins du monde, et qui sert bien ses petites affaires (la clientèle est exclusivement masculine, mis à part quelques dames qui parfois souhaitent offrir un cadeau onéreux à leur mari ou peut-être leur amant).

Cléo est fille unique et on peut imaginer sans grande difficulté quelle enfant elle devait être – et plaindre ses parents par la même occasion. À moins qu'ils aient leur part de responsabilité là-dedans ? Le cas échéant, tant pis pour eux. Cette femme se croit au-dessus de tout le monde – et surtout d'Alba. Pourtant de dix ans son aînée, elle se comporte la plupart du temps comme une gamine pourrie gâtée. L'arrivée d'Alba fut pour elle une sacrée aubaine : une jeune colocataire étrangère (qu'elle prend aussi pour une simplette) va pouvoir s'occuper des tâches les plus ingrates à l'appart. Et Alba n'avait rien vu venir.

— Après tout, tu ne sais faire que ça, non ? C'est pas deux ou trois assiettes de plus qui vont te tuer !

Alba reste impassible. En silence, elle se promet qu'un jour, elle arrêtera de se laisser malmener par cette saleté de bonne femme. Mais ce n'est pas encore le bon moment. Elle n'a pas de voiture où dormir et a déjà épluché toutes les annonces immobilières des environs. Pas un seul logement vacant et encore moins abordable. Ou alors, il faudrait qu'elle investisse dans une tente bien isolée, avec un cadenas anti-effraction. Cela doit bien exister, non ? Mais elle irait où ? Les dessous des ponts de la ville sont déjà bien occupés, et le voisinage ne serait pas des plus rassurants ni courtois.

Du coup, elle reste.

Aussi péniblement qu'elle a ouvert les yeux quelques minutes plus tôt, Alba se redresse du canapé – la seule chambre de l'appartement a été prise d'assaut par Cléo, et déjà à l'époque, Alba n'avait rien osé dire – Cléo avait déjà investi les lieux un mois plus tôt, il était donc normal que ce soit elle qui l'occupe.

Même assise, son dos la fait souffrir. Encore. Toujours. Il faut à tout prix qu'elle se ménage (sans mauvais jeu de mot), autrement, lorsqu'elle aura l'âge de Cléo, sa silhouette affichera déjà une échine toute courbée. Et bien qu'elle ait pris la fâcheuse habitude de se soumettre depuis qu'elle fréquente cette femme, imaginer cette expression au sens propre lui fait froid dans le dos.

8

Carole

Carole loue un box dans le centre-ville.

Elle règle le petit loyer en cash chaque quinzième du mois, en accord avec le propriétaire. Un monsieur plutôt charmant, qui n'a posé aucune question sur les conditions imposées par sa cliente.

Elle y gare sa Fiat Punto d'occasion tous les soirs après le travail et fait le reste du chemin en bus. Trois arrêts seulement. Et elle suit le même rituel dans le sens inverse, chaque matin.

Serge ne manque jamais son rendez-vous de 07 h 45, planté derrière la fenêtre du salon, à l'observer descendre l'allée et attendre le bus, dont l'arrêt se trouve juste en face de la maison. Dès les portes refermées et le véhicule en marche, il referme les rideaux et s'adonne à son passe-temps préféré : canapé, bières, café, clopes et émissions télévisées aussi débiles les unes que les autres.

Il ne se passe pas un seul jour sans que Carole regrette d'avoir proposé à cet homme de s'installer chez elle. Hormis le fait qu'il la prenne pour son punchingball et la rabaisse sans arrêt (les rares fois où il la considère), elle en a assez de le voir végéter sur le canapé et ne participer à rien à la maison, ni même financièrement – c'est pourtant lui qui gère le compte bancaire. Quel comble ! Serge feignait de ne recevoir que des refus à ses hypothétiques demandes d'emploi, Carole n'eut d'autre choix que de recourir à ses relations professionnelles pour lui obtenir des aides sociales, étant également forcée de le domicilier officiellement à son adresse.

Ce jour-là, assis dans le bureau face au chef de service de Carole, il pleurnichait sur son triste sort, faisant valoir son intolérable situation de chômeur, qu'aujourd'hui encore, il ne semble pourtant pas déplorer autant qu'il le laissait paraître.

Un beau faux-cul manipulateur.

Mais Carole voulait qu'il puisse bénéficier de petits revenus malgré tout. La garantie pour elle, de moins culpabiliser le jour où.

Son bon cœur avait encore frappé.

Carole est entrée dans sa quarante-huitième année en février dernier. Seule. Enfin, pas tout à fait, mais elle aurait certainement préféré. Elle a perdu le père de son unique enfant, il y a huit ans, et partage aujourd'hui le quotidien de Serge, qu'elle a rencontré, il y a dix mois, alors qu'elle travaillait comme bénévole dans une association œuvrant pour la réinsertion des sans-abris. Il y était bénévole lui aussi. Les circonstances n'étaient probablement pas des plus optimales pour commencer une idylle, mais il a su trouver les mots pour apaiser ceux (m.a.u.x.) dont elle souffrait à l'époque.

Et sans en avoir conscience, elle était déjà prise au piège.

Carole y sera restée tout juste un an et demi. Toute cette misère et le peu de succès que remportaient ses actions, auxquelles elle croyait dur comme fer, la rendaient malheureuse, et un profond sentiment d'impuissance l'envahissait tout entière. Sa décision d'arrêter était peut-être égoïste, mais elle ne pouvait plus assumer tout ça.

Ou presque.

Maintenant, elle travaille comme assistante sociale dans un centre communal (ça lui colle à la peau. Elle doit être faite pour ça finalement). Sa dernière expérience l'a aidée à se démarquer des autres candidats, dont certains semblaient moins expérimentés pour affronter des situations pouvant être parfois difficiles.

Mais cette fois, Carole s'oblige à toujours garder la bonne distance, quoi qu'il arrive.

9

— Je règlerai en espèce chaque quinzième du mois, si ça ne vous pose aucun problème. Je mettrai l'argent dans une enveloppe, et souhaitez-vous une remise en mains propres, ou préférez-vous que je la dépose quelque part, à votre attention ?

— Vous n'aurez qu'à la laisser au patron du Café Brun, à deux rues d'ici. C'est un ami, et j'y prends mon déjeuner au moins deux fois par semaine. On s'y verra peut-être, selon l'heure à laquelle vous passerez.

L'homme a remarqué les traces bleuâtres que parvenaient difficilement à camoufler les larges lunettes de soleil de la femme. Il n'a posé aucune question, et se doute que les conditions qu'elle lui a imposées, ne sont pas là par hasard.

Sans trop se l'expliquer, François se sent investi d'une mission envers cette femme qui lui rappelle tant Marianne, et dont il pressent que la situation est dramatique et mérite son aide. Cette aide qu'il n'a pas su lui apporter, à elle.

Il la regarde s'éloigner. Son allure accablée, ses gestes lents et son attitude craintive, le touchent terriblement.

Bien qu'il n'ait jamais pris de cours de filature, François compte bien mener à bien sa mission, sans se faire remarquer pour le moment. Voyons tout d'abord, si ses soupçons sont fondés ou non.

Le bus de ville le précède de quelques mètres, il reste à une distance suffisante, à la fois pour éviter d'être repéré – on ne sait jamais – et aussi, pour le garder à vue le plus longtemps possible – même si c'est quand même difficile de perdre de vue un bus.

Elle rentre probablement chez elle.

Rue des Marronniers, à droite au feu, puis deuxième sortie au rond-point, direction l'impasse des Hirondelles. Arrêt du même nom. Elle descend enfin.

François dépasse lentement le véhicule en regardant droit devant lui. Il s'arrête un peu plus loin, coupe le moteur et jette un œil dans son rétroviseur. Au bout de quelques secondes, il devine la femme traversant la route.

Puis, elle et son petit chien, passent le portail de la maison aux volets verts.

De toute évidence, cette femme cache l'existence de sa voiture à quelqu'un, sinon pour quelle raison prendrait-elle les transports, et louerait-elle un box à presque cinq kilomètres de chez elle ?

10

Alice

Alice collectionne les bouchons de bouteilles, quelle que soit leur taille, leur forme et leur couleur. Elle en a un nombre incalculable. Ils remplissent les grandes jarres disposées un peu partout dans l'appartement, et même le vase en cristal de Baccarat qui orne le grand buffet, en est garni à ras bord.

Cette passion pour ces petits objets remonte à quelques années, et Alice l'associe au décès de son époux. Elle devrait plutôt les détester, mais non, depuis le drame elle ne peut s'empêcher de les conserver. De tous les conserver – voire d'acheter volontairement des boissons qu'elle a en horreur, ou dont elle ne connaît même pas le goût, juste pour avoir *ce* bouchon de *cette* couleur.

Un matin, alors que c'était au tour de Lucien de descendre les poubelles du tri – uniquement de petits capuchons regroupés scrupuleusement depuis des mois dans un sac transparent –, il refusa ce jour-là de prendre l'ascenseur. Se sentant en meilleure forme que d'habitude, il emprunta l'escalier et, arrivé à mi-palier, il fut interpellé par la voisine du deuxième, qui lui demanda tout simplement, si lui et son épouse allaient bien. Il répondit par l'affirmative d'un léger hochement de tête, qu'il tenait toujours levée en direction de l'étage du dessus.

Au moment de reprendre sa descente, il fut pris d'un vertige, trébucha et dévala à toute allure le reste des marches dans des positions improbables.

Un crac.

Puis plus rien.

Plus un son, hormis celui des petits bouchons en plastique, qui terminèrent leur course folle et se répandirent un peu partout sur le sol froid du hall d'entrée.

Lucien gisait là, sous le regard inquiet et coupable de la voisine qui, devinant la chute, s'était précipitée à sa rencontre. Il était déjà trop tard. Elle appela immédiatement les secours, puis rejoignit Alice qui était en train de descendre les marches à son tour, alarmée par toute l'agitation qui régnait dans les couloirs.

— Oh, Alice, je suis tellement désolée, si je ne l'avais pas interpelé dans l'escalier, sûrement que rien de tout cela ne serait arrivé…

Alice n'écoutait qu'à demi-mot. Elle restait de marbre, les yeux rivés sur le corps étendu, immobile et sans vie, de son époux.

— … je l'ai vu tomber mais je n'ai rien pu faire. C'était déjà trop tard quand je suis arrivée…

La vieille dame n'en avait que faire des mots que prononçait sa voisine, pour autant, elle la laissa poursuivre ses simagrées.

— … si vous avez besoin de quoi que ce soit, je suis là, n'hésitez pas. Les pompiers ne vont plus tarder, je les ai avertis.

Alice était incapable de montrer la moindre émotion. Aucune tristesse, aucune colère. Rien. Les secours ont emporté Lucien, ont adressé à sa veuve quelques mots qu'elle n'a pas retenus, et depuis, c'est le trou noir.

Oppressée par ses voisins regroupés tout autour d'elle, elle se sentit mal tout à coup et les abandonna. Une fois à l'abri dans son appartement, Alice s'autorisa à exprimer toute sa peine et toute la colère qu'elle ressentit lorsque brusquement, les mots de sa voisine rejaillirent dans son esprit : « si je ne l'avais pas interpelé dans l'escalier, sûrement que rien de tout cela ne serait arrivé ».

À cet instant précis, quelque chose changea en elle.

Elle resta enfermée pendant des semaines, des mois, à verser toutes les larmes que son corps pouvait contenir, jusqu'à ce qu'il n'y en ait plus une seule et qu'elle se dise : elle va me le payer.

Aujourd'hui, l'appartement du dernier étage est occupé par la fille de celle qu'Alice rend responsable de l'accident de son mari. Depuis ce jour, elle s'est jurée de lui faire vivre un enfer, et à tous les autres aussi, par la même occasion. Pas de jaloux. Du moins, tant qu'elle occupera ces lieux.

Quant à sa collection de disques, elle l'a héritée de son père. Lorsqu'elle était petite, elle se souvient s'être souvent assise sur le seul fauteuil du salon, qu'ils se partageaient à tour de rôle, écoutant, comme à chaque fois, les notes enjouées des titres de Luis Mariano, s'échapper du vieux tourne-disque et se répandre dans toute la petite maison de campagne.

Alice était heureuse.

Sa mère est morte en la mettant au monde. Son père l'a élevée du mieux qu'il le pouvait, et même si dans les années 30, un papa célibataire ne courait pas les rues, il le fit avec brio, détermination et amour. Du moins jusqu'à ce qu'il soit appelé en 1939.

Il périt un an plus tard.

À l'âge de huit ans, Alice fut placée dans un orphelinat dirigé par des religieuses, d'où elle s'échappa le jour de ses 16 ans. Elle prit clandestinement le train pour rejoindre Paris, qui venait d'être libérée quatre plus tôt par l'insurrection menée par la Résistance française. Un an plus tard, elle rencontra un jeune garçon de bonne famille, et le charme opéra aussitôt.

Lucien, et sa passion pour les bals clandestins, venait d'entrer dans sa vie.

Son père s'était attiré les convoitises de certaines demoiselles, un peu moins timides que la majorité des femmes de son entourage, une retenue que ces dernières n'avaient pas, et que, pourtant, tout un chacun attendait légitimement de la gente féminine à cette époque. Mais le père d'Alice restait de marbre. Pourtant charmeur et qui aimait plaire aux dames, ce tout nouveau rôle de père le rendait responsable et raisonnable. Il n'eut qu'une seule femme dans sa vie. La mère d'Alice.

Et Alice a suivi le même chemin : celui de ne s'offrir qu'à une seule personne tout au long de son existence. Avec Lucien, elle partagea la sienne quelques longues années de plus que celle que son père passa aux côtés de sa mère, mais le résultat reste le même : elle finira ses jours seule. Et dans son cas, cela prend tout son sens car, contrairement à son paternel, elle n'a même pas de descendance, aucun véritable ami et elle déteste ses voisins.

Mais Alice vit très bien ainsi.

11

Alba

Alba essuie les derniers couverts et range les derniers verres dans les placards. Elle se surprend à parler à haute voix en regardant par la fenêtre.

— ¡ Un día me lo pagarás ![7]

— Cesse de baragouiner, Conchita. Tu es ici pour apprendre le français, alors parle français, tu veux ?

Se pensant seule dans la cuisine, Alba sursaute légèrement mais ne se retourne pas. Elle ne veut pas croiser ce regard noir, dépourvu de toute compassion et de tout respect, sauf pour celle qui l'affiche.

Elle s'est bien aperçue à plusieurs reprises, que même les mots les plus simples comme « bonjour » ou « merci », Cléo ne les comprenait pas – elle y met certainement de la très mauvaise volonté. Alba tente alors une réponse au hasard,

---

[7] Un jour, tu me le paieras !

sans craindre une quelconque réaction de la part de Cléo.

— J'ai dit que tout était nettoyé et rangé !

— Parfait. Maintenant tu peux t'occuper de la salle de bain. C'est pas croyable de perdre autant ses cheveux, tu dois certainement manquer de vitamines, il faudrait t'en inquiéter, Conchita. Regarde les miens. Magnifiques, n'est-ce pas ?

— ¡ Maldita idiota ![8]

Cléo fronce les sourcils puis ajoute :

— Ah, ça j'ai compris. C'est le nom de la dernière marque de soin capillaire de chez *L'Oréal*, non ? Enfin, je crois. C'est un nom comme ça en tout cas. C'est déjà en vente dans ton pays ? Tu pourrais m'en obtenir un flacon ? T'as bien de la famille encore là-bas, non ? Ma collègue Iris m'en a parlé et il faut à tout prix que je l'essaye. Je ne supporterai pas qu'elle ait de plus beaux cheveux que moi. Non mais t'imagines la honte à la boutique ?

— Sí.

— Tu devrais en prendre un pour toi aussi. Enfin, si je dis ça, c'est pour toi. Tu aurais moins

---

[8] Espèce d'idiote !

de saleté à ramasser comme ça. Et essaie de ne pas boucher le tuyau de l'aspirateur cette fois-ci !

— Sí.

— Bon, je vais me coucher moi, j'ai eu une journée épuisante, je suis crevée. Que des mâles en chaleur qui n'ont fait que me reluquer les fesses. Ils se sont succédés toute la journée, je n'ai pas eu une seule minute de repos.

— Viendo la ropa que llevas, no me sorprende ![9]

— Hein ?

— Bonne nuit Cléo et repose-toi bien alors !

— Ah, tu vois quand tu veux, c'est pourtant pas compliqué. Par contre, ton accent est pourri. Ciao ! Celui-là je le connais !

Alba la regarde s'éloigner, l'air désespéré.

---

[9] Vu les vêtements que tu portes, ce n'est pas étonnant !

12

Carole

Un second compte bancaire.

La dernière idée de génie de Carole pour commencer son chemin vers la liberté.

Cet après-midi, elle ne travaille pas. Elle a rendez-vous à 14 h 30 avec une conseillère à l'agence du coin de la rue – la première fois, depuis bien longtemps, qu'elle n'a pas géré ses propres affaires elle-même.

Mais Carole est loin d'être dupe. Elle ne sous-estime pas les capacités perverses de Serge à surveiller ses moindres faits et gestes. Bien au contraire. Elle a appris, à ses dépens, à rester prudente – car oui, cela lui arrive de sortir du canapé quand il veut, et surtout s'il est soupçonneux.

Alors, elle ne change pas ses habitudes : à 12 h 30, elle déjeune dans la petite cafétéria réservée au personnel du centre social, et qui occupe depuis quelques mois, tout le rez-de-chaussée de la résidence d'en face. Puis à 13 h 45, elle reprend le travail comme si de rien n'était.

Tandis qu'elle rejoint son bureau par le couloir, pourtant le moins fréquenté à cette heure-ci, elle croise sa collègue Béatrice, qui s'inquiète aussitôt de la voir, alors qu'elle se souvenait qu'elle serait absente l'après-midi même. Carole ne se dégonfle pas et prétexte avoir oublié un document important.

— Ah d'accord. Et dis-moi, tu pourras regarder le dossier de Madame Lucasse ? Je le présente en commission demain dans l'après-midi et je voudrais ton avis.

— Bien sûr Béa, sans problème. Mais, là, il faut…

— Et t'as pas appris la nouvelle ?

Oh non ! Lorsque Béatrice commence comme ça, généralement on ne l'arrête plus. Carole doit trouver quelque chose pour faire diversion. Et tout de suite, sinon elle peut dire adieu à son rendez-vous.

Elle attrape un mouchoir en papier dans son sac et s'écroule presque sur son fauteuil.

— Carole, tout va bien ?

— Je pense que c'est le chili con carne !

— Ah oui, moi j'ai pris le poulet au curry car les haricots rouges ont tendance à me... Carole ?

La tête au-dessus de sa corbeille à papier, Carole mime (avec le son) des nausées suffisamment réalistes pour que Béatrice réagisse, avant de décamper aussi sec.

— Je sais pas si tu as remarqué, mais il y a plein de trous dans ta corbeille, tout passerait à travers et tu sais que j'ai horreur de ça. Rien que le mot « vomi » me donne envie de vomir !

Carole continue son petit manège et ajoute quelques mots entre deux crachats de salive.

— Je comprends, ça va aller, tu peux t'en aller, Béa.

L'autre est déjà partie.

Enfin seule, Carole attend encore quelques minutes et sort de son bureau en empruntant le même couloir (elle ne croisera personne cette fois-ci), puis elle s'échappe par la porte de service donnant à l'arrière du bâtiment municipal. Habituellement, elle n'est empruntée qu'en cas d'urgence et, par chance, elle ne dispose d'aucun système d'alarme qui aurait fichu en l'air son petit plan bien rodé.

Carole est dehors à présent.

Un court tunnel, au-dessus duquel passe la voie rapide, lui permet de rejoindre le cœur de la ville sans être vue.

Elle se sent libre. Ou presque. Depuis qu'elle a rejoint la rue, elle a une drôle d'impression. La sensation que quelqu'un la suit. Pourtant, elle a beau regarder dans toutes les directions, elle ne remarque rien d'anormal, ni personne. C'est étrange.

Ce sentiment disparaît au bout de quelques minutes. Carole respire à nouveau et continue d'avancer. Il est 14 h 28, elle sera à l'heure à son rendez-vous.

Ce qu'elle vient d'accomplir n'est pourtant pas grand-chose, mais ce petit côté rebelle, dont use l'adolescent, adepte de l'école buissonnière, en cachant délibérément ses manières à ses parents, lui donne un semblant d'ailes, de pouvoir et d'assurance.

Petits pas par petits pas, elle sait qu'elle y arrivera. Et aussi petits soient-ils, elle se satisfait à chaque fois de les avoir franchis.

13

François attend derrière le bâtiment.

De là où il est, il pourrait également la voir, dans le cas où elle sortirait par l'entrée principale, mais l'accès au parking semble moins fréquenté en journée. Ici, il sera donc moins exposé.

La voie rapide au-dessus de lui, brasse un nombre incalculable de véhicules à la minute. C'est impressionnant. Pourtant, les employés des environs sont en pause déjeuner, ou ont déjà repris le travail pour l'après-midi. Que font alors tous ces gens sur les routes à cette heure-ci ?

Appuyé contre un mur, il l'attend.

Il n'est pas fier de ce qu'il fait. Ce matin, il était garé non loin de la petite maison aux volets verts, et il l'a vue monter dans le bus. Un homme la regardait par la fenêtre, comme pour s'assurer qu'elle faisait parfaitement ce qu'il attendait d'elle.

Puis le rideau s'est refermé, et l'homme a disparu.

La femme est descendue devant le centre social et elle a déjeuné en face, à la cafétéria. Là, il ignore combien de temps il va devoir rester ici, à l'attendre, à l'abri des regards curieux. Il est de plus en plus convaincu qu'il se passe quelque chose d'anormal, et souhaite en avoir le cœur net. Mais pourquoi ? Pourquoi se sent-il si redevable d'agir ? Pourquoi maintenant ? Et pourquoi cette femme ? Il a la réponse à chacune de ces questions. Il ne s'est jamais pardonné ce qui est arrivé à Marianne. Elle méritait d'être sauvée elle aussi, et il a échoué.

La porte de service située à une dizaine de mètres de l'endroit où il se trouve, vient de s'ouvrir brusquement. C'est elle.

Les jambes légèrement fléchies, François reste caché derrière le muret.

Elle semble pressée.

Où va-t-elle ? Il la suit.

Il n'est pas très doué, il l'admet. Il a manqué de se faire surprendre à deux reprises. Heureusement, elle ne l'a pas vu.

Posté à présent à l'angle d'une rue, il l'observe à distance. Elle se dirige vers l'établissement bancaire situé au croisement.

Il est 14 h 28, elle disparaît derrière les portes automatiques.

14

Alice

Le dimanche matin, Alice se rend au cimetière. C'est Gaspard qui l'emmène. Pendant longtemps, Alice pensait qu'il s'appelait Hubert. Elle n'a toujours pas compris pour quelle raison il avait du jour au lendemain, changé de prénom. Depuis quatre mois, le jeune homme passe la prendre à 10 h 00 précises en bas de son immeuble, puis il l'attend patiemment devant la grille – cette étape avait fini par décourager le précédent chauffeur (qui s'appelait Hubert lui aussi), et bien qu'Alice paye généreusement la course, cela n'a pas suffi à le fidéliser.

Alice l'avait pris en grippe dès le début de toute façon, et le monsieur, d'origine asiatique, s'en était probablement aperçu. Il faut dire que sa cliente n'était pas avare de blagues déplacées sur leurs goûts culinaires qu'elle jugeait douteux, et leurs prénoms qui se ressemblaient tous. Elle ne cessait d'ailleurs de l'appelait Chang, adoptant un accent des plus mauvais, qui ne le faisait pas rire du tout. Leur relation professionnelle s'est arrêtée brutalement. Le dimanche suivant, Hubert Chang n'est pas revenu. Il a toutefois pris soin de noter les coordonnées d'un confrère au dos d'un vieux ticket de caisse, qu'il glissa dans la boite aux lettres d'Alice.

Fan de jeux vidéo – si elle en croit le nom du magasin indiqué sur le morceau de papier – mais pas rancunier pour un sou.

Gaspard, lui, ne rechigne pas et se satisfait pleinement de la compagnie de la plus rabat-joie de ses clientes. Il la trouve touchante, sous ses airs détachés et pète-secs. Chaque dimanche matin, il occupe son temps comme il peut : écouter en boucle les mêmes chansons ringardes à la radio ou visionner des vidéos débiles, mettant en scène des nains qui jouent du javelot ou des chats qui chantent.

Parfois, il trouve le temps long, mais une fois Alice raccompagnée chez elle – précisément et systématiquement une heure et trente-sept minutes plus tard – et qu'il tient entre ses mains la petite liasse de billets (toujours la même somme trois fois supérieure à ce qu'il recevrait normalement pour une course comme celle-ci), il se dit alors que le jeu en vaut bien la chandelle.

C'est la seule sortie hebdomadaire que s'autorise Alice, et aussi les seuls échanges à peu près cordiaux qu'elle a avec un autre être humain.

Le reste du temps, elle profite de son intérieur et organise son quotidien de manière à éviter tout contact prolongé avec qui que ce soit : elle se fait livrer les courses à domicile par un service de la ville, et porter le courrier par Martin, chaque jour un peu avant le déjeuner (il va peut-être falloir qu'elle l'invite à boire un verre, son cagibi regorge de boissons exotiques aux goûts étonnants qui ne demandent qu'à être entamées).

Alice n'a pas non plus d'animal de compagnie qu'elle serait contrainte de sortir à heures fixes – quel esclavage ! – et elle se sert aussi de ses excentricités, pour amadouer les messieurs des étages supérieurs, les incitant ainsi à lui rendre quelques services de plomberie, d'électricité, ou encore à effectuer de petits travaux en tout genre.

Les malheureux, toujours volontaires pour aider leur pauvre voisine âgée – qui plus est veuve et seule – hésitent désormais un peu plus avant de répondre favorablement à ses sollicitations. Ils ont récemment décelé chez elle, un certain talent de comédienne jusqu'alors insoupçonné, et surtout une radinerie sans égal. Pas même une petite pièce pour les remercier de leur diligence et leur disponibilité.

Alice s'est bien aperçue qu'ils n'étaient pas aussi dociles que d'habitude, mais elle n'en ressent aucun malaise pour autant.

La dernière fois, après avoir dépanné sa vieille machine à laver, la seule chose à laquelle Monsieur Lambert (troisième étage gauche) a eu droit, c'est de descendre un sac d'ordures, ce qui lui a semblé demander autant d'efforts que s'il avait dû porter Alice elle-même dans l'escalier.

— Pourquoi n'a-t-il pas pris l'ascenseur cet imbécile ? Il croit peut-être que ses biceps musclés vont m'impressionner ?

Alice s'apprête à refermer sa porte quand une voix résonne dans la cage d'escalier.

— Vous devriez apprendre à fermer votre porte avant de parler, Alice. Et si vous sortiez un peu plus souvent de chez vous, vous auriez probablement remarqué que l'ascenseur est en panne depuis plus d'une semaine.

15

Alba

Ce matin, Alba n'est pas en forme. Un état grippal l'a assaillie sans prévenir et elle peine à se lever. Son réveil a sonné depuis un bon quart d'heure, et malgré la motivation dont elle fait preuve depuis qu'elle sert au Palais Gallien, elle se demande bien par quel miracle, elle va pouvoir se redresser, se préparer, travailler avec l'énergie et la rigueur qui la caractérisent, et surtout, comment faire pour avancer tout simplement.

Rien n'y fait. Impossible pour elle de bouger. Elle attend que la pendule du salon affiche une heure plus décente, puis attrape son téléphone.

— Señora Brival, c'est Alba.

— Bonjour Alba. Il est tôt, tout va bien ? Vous êtes déjà en chemin peut-être ? Justement, j'espérais que vous arriveriez en avance aujourd'hui car je dois revoir l'organisation…

Alba sait que sa gouvernante en chef est toujours là avant tout le monde – c'est à se demander si elle ne couche pas sur place – mais ce qu'elle semble attendre d'elle ne se produira pas, et la jeune femme ne sait pas comment lui annoncer.

— Je… je suis vraiment désolée, Señora, mais je ne pourrai pas venir travailler aujourd'hui. Je suis malade depuis cette nuit et…

— Entendu. Je demanderai à Nathalie de vous remplacer pour aujourd'hui, mais il faudra échanger votre jour de repos avec le sien. Si vous êtes rétablie, bien sûr.

— Sí, Señora. Je suis sincèrement navrée. Remerciez Nathalie de ma part et je vous tiens au courant dès que…

Madame Brival a déjà raccroché. Serait-ce par manque de correction ? Non. Plus probablement par manque de temps. Alba sait que son absence va causer un grand chamboulement dans les plannings, et que sa responsable va devoir y remédier au plus vite, afin de garantir aux clients la qualité de service attendue – pour les novices – et déjà bien connue et qui fait la réputation du lieu – pour les habitués. Car oui, il y en a.

Alba se sent coupable mais elle sent aussi que la fièvre gagne du terrain. Son dimanche de repos vient de s'envoler, mais tant pis. Nathalie ne profitera pas du sien aujourd'hui, c'est donc le juste prix à payer. Du donnant-donnant.

La dernière semaine a été éprouvante, et fort heureusement, elle n'a pas revécu la même scène d'horreur. Ses bras, son dos, ses coudes, son corps tout entier s'en rappellent encore. Même le jacuzzi de la petite terrasse privative lui a donné du fil à retordre : ses abrutis y ont jeté des confettis et Alba a fait preuve d'ingéniosité pour les avoir tous jusqu'au dernier. Elle espère seulement que Madame Brival ne s'apercevra pas que la moustiquaire amovible du patio a disparu (juste le temps pour elle de la nettoyer convenablement). Pour cela, elle l'a rapportée chez elle et attend le bon moment pour la remettre en place. À retenir, c'est pas mal comme épuisette de fortune.

En pointant sa fin de service ce jour-là, Alba s'est permise de regarder le nom de celui ou celle qui avait réservé la suite et s'était surtout permis de la mettre sens dessus-dessous – pour ne pas dire « dans le plus grand des bordels ».

```
    Stéphane ALBERTINI. Deux personnes.
Une  nuit.  Demandes   particulières :
```

```
suite avec terrasse et jacuzzi. Trois
bouteilles de champagne. Confettis. Ne
pas    dérangez    avant    10 h 30    et
discrétion exigée.
```

— ¡ Si te encuentro, vas a poder admirar de cerca la escobilla del váter ![10]

Merde. Ce n'est pas un habitué. Aussi loin qu'elle ait pu remonter dans le registre, il n'y a aucune autre réservation à ce nom-là. Alba ne se dégonfle pas et compose le numéro de téléphone indiqué sur la fiche.

Trois sonneries plus tard.

— Mouais, c'est qui ?

— …

— Oh ! J'ai dit, c'est qui, bon sang ?

Alba raccroche aussitôt. Le gars n'a pas l'air commode. Elle laisse tomber. Après tout, qu'est-ce qu'elle aurait bien pu lui dire ? « Bonjour, je suis la femme de ménage qui a gentiment nettoyé tout le bazar que vous avez mis l'autre soir au Gallien, et qui serait curieuse de savoir ce que vous avez fabriqué avec la balayette des toilettes ».

---

[10] Si je te retrouve, tu vas pouvoir l'admirer de plus près la balayette des toilettes !

Non. À quoi bon ? Ce genre d'individu l'aurait certainement envoyée se faire voir sans aucune considération. Alors, Alba se fait une raison et espère simplement que si l'envie leur reprenait, à lui et sa pouffiasse, ils iraient mettre la pagaille ailleurs.

Toujours allongée sur le canapé, dont les vieux ressorts lui bousillent les côtes, elle se dit qu'elle aimerait pouvoir s'étendre, rien qu'une fois, sur un vrai matelas bien épais et profiter d'un lit de plus de soixante-dix centimètres de largeur, mais, à cet instant, son état ne lui permet pas de faire la fine bouche. Elle s'en accommode sans broncher et se rendort immédiatement.

L'appartement est étrangement calme. D'ordinaire, Cléo ne travaille pas le mardi et elle ne se gêne pas pour faire un vacarme de tous les diables et empêcher sa colocataire de dormir convenablement. Mais Cléo ne s'est pas manifestée de toute la journée et n'a même pas passé la nuit dernière dans sa chambre. Où qu'elle ait passé la nuit d'ailleurs, elle a certainement dû partir au travail directement ce matin.

Alba s'en moque totalement à vrai dire.

Cléo est une grande fille et elle fait ce qu'elle veut de sa vie, de ses journées et de ses nuits aussi !

Non. Bien au contraire, Alba est ravie. Plus de vingt-quatre heures sans l'entendre se plaindre de ses cheveux trop ceci ou trop cela, de ses ongles pas assez comme ceci ou comme cela, ou encore de ses clients pervers qui ne savent pas quoi faire de leur fric. Ravie également de pouvoir jouir d'une grasse matinée bien méritée.

Elle devra tout de même composer avec son nez bouché, sa toux roque et la sensation d'avoir été ravagée de la tête aux pieds, par un champion de boxe catégorie poids lourd.

16

Carole

— Vous souhaitez donc ouvrir un compte courant chez nous Madame Martel, c'est ça ?

La jeune femme qui l'accueille est élégante et souriante mais assez froide dans sa manière de s'adresser à elle. Carole n'est pas très à l'aise.

— Euh, oui, tout à fait.

— Bien. Je vais donc avoir besoin d'une pièce d'identité et d'un justificatif de domicile récent, s'il vous plaît.

D'une main tremblante, Carole sort un document de son sac à main et le dépose sur le bureau.

— Tenez. Euh… ma carte vitale conviendrait-elle comme justificatif d'identité ?

C'est le seul document qui ne mentionne que le nom de jeune fille de Carole, qui a souhaité conserver son nom d'épouse après le décès du père de son fils, afin qu'ils continuent de porter tous les deux le même nom – bien qu'aujourd'hui leur relation soit presque inexistante. « Martel » est inconnu de Serge et cela la rassure un peu, dans le cas où l'envie lui viendrait de mener des investigations.

La conseillère attrape la facture d'électricité posée devant elle et affiche un air septique quant à la question plutôt inhabituelle de sa cliente. Mais les marques d'anciens coups qui bleuissent encore le cou de Carole – et qu'elle a remarqué au moment où elle a tourné la tête pour fouiller dans son sac – lui en donnent une raison assez évidente. La banquière poursuit alors sans faire la moindre remarque.

— Si vous n'avez que ça sur vous, ça ira, ne vous en faites pas.

— Merci beaucoup.

Dans un geste discret, Carole remonte le col de sa chemise – ayant aperçu les derniers regards de la banquière, certes insistants mais remplis de compassion. Elle se convainc alors que ses malheureuses ecchymoses l'ont peut-être une nouvelle fois épargnée de se justifier.

— Je vous en prie, Madame Martel.

La jeune femme pianote rapidement sur le clavier de son ordinateur, puis ajoute :

— Je complète votre dossier et je vous libère. Votre compte sera opérationnel d'ici huit jours, tout est bon pour vous, Madame Martel ?

— Oui c'est très bien. Merci encore.

Carole se lève de son siège. La jeune femme en tailleur l'imite et tend un bras vers elle.

— Voici ma carte, n'hésitez surtout pas si vous avez besoin de quoi que ce soit, d'accord ?

Elle perçoit dans sa voix une douceur qu'elle n'avait pas ressentie en arrivant. Carole se doute alors que le « besoin » dont elle parle, n'a rien à voir avec les modalités d'ouverture de son futur compte bancaire.

Il pleut ce soir.

Protégée par son parapluie, Carole marche sans trop savoir où elle va. Le crachin qui s'abat ne semble pas démotiver Whisky, qui renifle chaque coin de murs, chaque dessous de poubelle ou tronc d'arbres qui longent la ruelle. Distraite, Carole continue d'avancer, tandis que la laisse se retrouve tendue au maximum. Une légère tension au bout de son bras l'incite à se retourner. Le collier de Whisky lui rabat les oreilles jusque sur les babines, l'empêchant presque d'y voir – une odeur manifestement plus attirante que les autres, a dû interrompre sa course, et Carole ne s'est aperçue de rien.

— Oh, pardon ! J'ai la tête ailleurs ce soir, tu sais. Je fais des choses pas bien en ce moment et j'espère qu'elles ne finiront pas par me causer plus de tort.

Bien que l'animal ne comprenne pas un seul mot qui sort de la bouche de sa maîtresse, il réagit au ton qu'elle emploie : une douceur mêlée d'inquiétude, qu'il semble détecter, et qui l'encourage à se rapprocher d'elle pour obtenir une caresse. Carole lui fait ce plaisir en s'agenouillant. Elle ne restera pas longtemps dans cette position, ses genoux la font souffrir depuis peu. Sa mère souffrait d'arthrose, est-ce héréditaire ce truc-là ? Ou est-ce dû à sa dernière chute dans l'escalier ?

La pluie a cessé de tomber mais une fraîcheur humide s'installe peu à peu. Carole presse le pas afin de rentrer à la maison avant que la nuit tombe. Soudain, l'étrange sensation d'être suivie resurgit. Autour d'elle, il n'y a personne.

Pourtant, elle est intimement convaincue qu'elle n'est pas seule sur ce trottoir. Elle s'arrête.

— Serge, c'est toi ? se risque-t-elle.

Pas de réponse. Aucun bruit, hormis le vrombissement des rares véhicules qui circulent sur la chaussée détrempée.

Carole soulève Whisky du sol et accélère encore. Son parapluie l'encombre, il tombe au sol. Tant pis. Elle se cache un instant dans un renfoncement dépourvu de la lumière qui jaillit des réverbères. La nuit arrive. Il faut qu'elle rentre. Elle s'apprête à repartir quand des bruits de pas se rapprochent.

Ça y est, elle panique. Alors Serge ne se cache même plus ? Il serait prêt à présent à la tabasser en pleine rue ?

Dans un réflexe de survie, sûrement, Carole se penche en avant. D'un bras, elle serre son chien contre elle, et de l'autre, elle protège le dessus de sa tête. Le temps semble s'être arrêté. Elle ne saurait dire combien de temps elle est restée dans cette position.

— Madame, tout va bien ?

Carole sursaute. Ce n'est pas la voix de Serge. Pour autant, elle ne change pas de position.

— Pardonnez-moi si je vous ai effrayée. Je marchais derrière vous et vous avez laissé tomber votre parapluie. Tenez.

La voix masculine est calme et douce, presque paternelle et rassurante. Carole se redresse lentement. Le visage de l'homme ne lui est pas totalement inconnu, mais elle est incapable de se rappeler exactement qui il est. Un épais brouillard l'envahit tout entière, tant les émotions intenses des trente dernières secondes l'ont bouleversée.

L'homme porte un imperméable et un chapeau, et le sourire qu'il lui adresse est franc et amical.

Carole reste silencieuse. L'homme poursuit.

— Vous vous sentez bien ?

Il faut qu'elle rentre.

Carole se contente alors de hocher la tête, récupère son parapluie et s'échappe en courant.

Serge est en bas. Il dort sur le canapé.

Carole est rentrée silencieusement tout à l'heure, comme à chaque fois. Le verrou de sa chambre est bien fermé, elle est allongée. Les yeux fixés au plafond, elle se rappelle l'homme qui l'a accostée sur le trottoir.

La suivait-il ou était-il là par hasard ? Était-ce lui l'autre jour, lorsqu'elle sortait du tunnel et qu'elle a ressenti cette même impression étrange ?

Peu importe. Après tout, il ne lui a fait aucun mal. Elle ignore d'ailleurs pour quelle raison elle s'est enfuie comme ça.

Carole ne se reconnaît plus en ce moment. Elle n'est pas fière non plus de ce qu'elle mijote depuis quelques jours, mais elle sait que c'est son sésame vers une liberté certaine, et surtout l'assurance de rester en vie encore quelques années.

Serge n'est jamais allé plus loin que des coups de poings, des insultes et des bousculades (ce qui est déjà plus qu'intolérable), mais lorsque ses gestes sont sous l'emprise d'une consommation excessive d'alcool, ils peuvent rapidement déborder, et personne ne sait jusqu'où ils seraient capables d'aller.

17

Alice

Gaspard patiente de l'autre côté de la rue. Comme chaque dimanche, il passe en revue pléthore de vidéos sur son portable. Mais ce matin, il a laissé tomber les chats vocalistes au profit de recettes sucrées ou salées, toutes plus appétissantes les unes que les autres. Côtoyer régulièrement Alice, qui parle sans cesse de ses meilleures recettes d'antan, l'a certainement converti.

Alice longe l'allée de gravillons avec sa petite chaise pliante qu'elle tient d'une main et son petit chariot d'une autre. Puis, elle s'installe à son endroit habituel : ni trop proche, ni trop éloignée du caveau.

— Bonjour mon Lucien. L'ascenseur est encore en panne et j'ai dû descendre à pied ce matin. Il va falloir que j'investisse dans un téléphone sans fil (ou smartphone comme disent les jeunes). Si j'y avais réfléchi plus tôt, j'aurais ainsi pu appeler Hubert pour qu'il vienne me chercher jusque devant ma porte. J'avoue qu'un bras-dessus, bras-dessous m'aurait bien soulagée. Mes veilles articulations me font souffrir en ce moment... Oui, je sais qu'il faudrait que je marche davantage, mais j'aime être à la maison et je n'ai rien à faire dehors, hormis venir te voir.

Alice sort de son cabas à roulettes, une bouteille isotherme pleine de café brûlant et s'en sert une petite tasse – qui sert aussi de capuchon au récipient.

— Toujours sans sucre, comme tu le préférais toi aussi. Tu sais, je crois qu'ils ont fini par comprendre mon petit manège et plus aucun d'eux ne semble croire à mes soi-disant pertes de mémoire. Lambert m'a répondu l'autre jour, et de manière pas très sympathique en plus.

Elle s'interrompt un instant pour laisser la parole à Lucien.

— Pas grand-chose pourtant. J'ai dit que c'était un imbécile et que ses biceps musclés ne me faisaient aucun effet. Une gamine, moi ? Oh, tu exagères un peu, non ?

Elle se tait à nouveau.

— Comment tu peux dire ça ?

…

— Mon Lucien ? Ne te défile pas, tu veux !

…

— Bon d'accord c'est promis, j'irai m'excuser. Quoi ? Tu joues sur les mots là… Bon, c'est entendu, j'irai lui demander pardon. Es-tu satisfait ? Bien. Quand ? Demain. Il est probablement en famille aujourd'hui et je ne vais pas l'enquiquiner. Oh, Lucien Delacour, vous commencez sérieusement à m'agacer !

Alice avale une gorgée de café et n'hésite pas exprimer son exaspération à coup de *Grrr* et de *Pfff*.

— J'irai en rentrant, c'est d'accord. De rien. Je sais être raisonnable parfois. Pardon ? Mais dis-moi, tu es beaucoup plus bavard que d'habitude aujourd'hui. Si je n'ai pas autre chose à te dire ? Non, je ne crois pas. Pourquoi ? Madame Perlot ? Nom d'une pipe, je ne peux rien te cacher ma parole, c'est affolant.

Alice jette un rapide coup d'œil à sa montre.

— Non, je ne m'ennuie pas du tout, je réfléchis, c'est tout. Bon, c'est d'accord, j'irai demander pardon à Madame Perlot également, même si tu sais bien ce que cela représente pour moi. Si, Lucien ! C'est sa mère qui a causé ta mort !... Tu me trouves un peu dure ?... Tu plaisantes ? Elle-même a reconnu ce matin-là, que si elle ne t'avait pas interpellé dans l'escalier, rien de tout cela ne serait arrivé. Tu sembles avoir la mémoire courte mon chéri, ce n'est pourtant pas la première fois que nous abordons le sujet... Il serait temps de quoi ?... Peut-être, mais c'est très compliqué pour moi... Alors, c'est non.

...

— Tais-toi s'il te plaît ! Je t'ai dit non. Pas tout de suite, c'est encore trop tôt... Ça fera bientôt quatre en réalité : trois ans, dix mois, une semaine, un jour, deux heures et....

Alice regarde à nouveau sa montre.

— ... dix-sept minutes exactement. Si j'ai réellement compté depuis tout ce temps ? Bien sûr, qu'est-ce que tu crois ? Je ne passe pas un seul instant de ma triste vie sans penser à toi... Je sais. Hubert ? Quoi Hubert ? Oh quelle belle tactique pour changer de sujet, je te félicite. Il m'attend devant la grille comme chaque semaine. Je l'aime bien ce gamin... Pourquoi ? Une idée géniale ? Rien que ça ! D'accord, je t'écoute mon Lucien.

18

Alba

La sonnerie du réveil retentit.

Alba se sent en meilleure forme mais aurait bien aimé profiter de son dimanche de repos – comme cela aurait été le cas, si elle n'avait pas chopé cette saleté de virus en début de semaine. Toutefois, elle n'oublie pas qu'elle doit une fière chandelle à Nathalie et se remotive aussitôt.

Son portable entre les mains, elle éteint le bip incessant de l'alarme et s'aperçoit qu'une notification est en attente de lecture : un long texto de Cléo, reçu hier à 21 h 07.

Ciao Conchita. Je n'ai pas voulu te réveiller en rentrant (tu vois quand je veux, je peux être sympa !) …

L'instant d'une petite seconde, Alba esquisse un léger sourire et jette à nouveau un œil sur l'expéditeur du message, tant cette soudaine attention la surprend.

Je déconne, c'est juste parce que j'étais en bonne compagnie et j'avais mieux à faire que de t'embêter pour une fois.

Pas de doute, il s'agit bien de Cléo.

Tu verras certainement ce message à 04 h 00 quand tu te lèveras et je te remercie de faire doucement. Je n'ai pas l'intention de dormir beaucoup cette nuit, si tu vois ce que je veux dire... (non, en fait ça m'étonnerait que tu en aies la moindre idée !) Bref. Bosse bien pendant qu'il y en a qui ne feront absolument rien, à part buller devant la télé ou sous la couette !

Alba est partagée entre l'envie d'envoyer valser tout ce qui se trouve devant elle sur la table basse, tordre le cou de son bourreau de colocataire, cracher toute la colère qu'elle garde en elle depuis trop longtemps et qui lui brûle les entrailles, ou par pure provocation, se balader dans tout l'appartement en cognant de bon cœur sur toutes les casseroles qui lui passent sous la main. Elle n'en fera rien, comme d'habitude.

Elle s'étire péniblement puis se lève sans un bruit.

Face au placard de la cuisine, Alba est attirée par un post-it. Impossible de passer à côté, à moins d'être complètement aveugle ou de le faire exprès.

```
Mohammed est ouvert le dimanche, il n'y
a plus de café.
```

Alba n'en boit même pas.

En plus de lui tordre le cou, elle voudrait bien l'éventrer à mains nues, dérouler entièrement ses intestins sur le tapis et les bouffer tout crus ! Mais instantanément, cette vision lui provoque une violente envie de vomir. Réflexion faite, elle se contentera de ses petits pains grillés. Ou alors, elle donnera ses entrailles à bouffer au gros chien du voisin d'en face.

Celui que Cléo appelle « Mohammed » n'est autre que l'épicier magrébin qui fait l'angle de la rue. Elle doit penser bêtement qu'ils s'appellent tous comme ça.

Son thé avalé, Alba se dirige vers la salle de bain pour un rapide brin de toilette – elle n'a pas envie que le bruit de la douche réveille Cruella et son partenaire du jour. À peine a-t-elle franchi la porte qu'elle découvre un nouveau message, écrit au rouge à lèvres sur le petit miroir en face d'elle.

`Plus de tampon non plus.`

Une rage l'envahit. Comment une personne peut-elle être aussi irrespectueuse ? Ignoble, même, parfois. Alba ne peut pas croire que cette Cléo n'ait aucun cœur, qu'elle ne ressente jamais la moindre compassion pour quiconque, à part pour elle-même. C'est impensable ! Et pourtant, elle l'a prouvé à plusieurs reprises depuis qu'Alba vit ici.

Dans un mouvement à la fois nerveux et résolu, elle tente d'effacer le rouge du plat de la main, mais rien n'y fait. La matière grasse s'étale, jusqu'à transformer son reflet en une tambouille floue et écarlate.

C'est la première fois qu'elle s'autorise à pleurer. Combien de temps va-t-elle supporter cela ? Ce harcèlement qu'elle subit depuis qu'elle a posé un pied dans cet appartement. Elle essaie de se comporter du mieux possible, de répondre aux moindres de ses caprices, mais tout ce qu'elle fait n'est jamais suffisant. Cléo lui en demande toujours plus et pas une seule fois, elle ne lui aura témoigné un peu de reconnaissance. Alba-Conchita est la boniche de service et rien ne changera.

Rien ne changera. Sauf si elle le décide.

19

Carole

— Tais-toi, sale garce ! Tu croyais pouvoir me berner encore longtemps ? Tu pensais vraiment que je m'en apercevrais pas ? T'es bien trop bête, ma pauv'fille !

Recroquevillée dans le coin de la pièce, les deux bras formant un rempart au-dessus de sa tête, Carole ne parvient même plus à crier sous les coups, tant elle est habituée. Pourtant, ils sont si violents qu'elle entendrait presque ses os se fendre en mille morceaux sous sa peau. Mais elle ne bouge pas, elle se laisse humilier, insulter, brutaliser.

Dans des moments comme celui-ci, elle pense à Rémi. Et bizarrement, cela lui rend les coups moins pénibles à supporter. Où est-il ? Que devient-il ? La pardonnera-t-il un jour de ce dont il la tient responsable, et de ce qu'elle a fini par croire elle aussi ? C'était il y a huit ans. Elle s'en souvient comme si c'était hier.

Serge est complément ivre. Il continue de lui hurler dessus, de lui donner des coups de pieds, des coups de poings, comme s'il s'agissait d'une vulgaire poupée de chiffon. Il bafouille, au point que parfois ses propos sont incompréhensibles. Peu importe, Carole n'a pas besoin de le comprendre, ses gestes parlent pour lui.

Whisky gémit de l'autre côté de la porte de la chambre, couine et gratte, tentant désespérément de venir au secours de sa maîtresse.

Au bout de quelques longues minutes, le calme est enfin revenu. Serge est assis sur le sol, appuyé contre le mur, gémissant, les yeux fermés. De la salive s'échappe de sa bouche entrouverte, et son haleine, mêlant tabac à rouler et alcool, s'engouffre dans les narines de Carole. Elle a envie de vomir.

Toujours la même rengaine insupportable, prévisible et de plus en plus fréquente : il picole à s'en rendre malade, à devenir fou et enragé, puis, parfois pour rien, juste parce qu'il en a envie et qu'il ne sait pas s'exprimer autrement, il la violente, la tabasse, l'humilie, la rabaisse. Ensuite il s'endort, épuisé par toute l'énergie qu'il a dépensée.

Et demain il lui demandera pardon, encore, et elle lui pardonnera, toujours.

Jusque-là en apnée, attendant que le supplice prenne fin, Carole respire enfin. Un liquide chaud fuit de son arcade sourcilière, coule le long de sa joue et s'immisce dans la commissure de ses lèvres. Un goût de fer envahit soudain sa bouche, et elle n'a d'autre choix que de cracher sur le sol. Une tache de sang épais et gluant vient rompre la monochromie du carrelage clair. Sa tête tambourine, son visage la tiraille, ses mains tremblent et ses jambes menacent de se dérober sous elle. Pourtant, dans un effort douloureux, Carole se redresse, vacille un instant, puis avance lentement vers la porte pour libérer Whisky, qui n'en peut plus d'aboyer derrière le battant.

— Tout va bien, ne t'en fais pas. Ce sera bientôt fini, je te le promets.

Face au miroir de la salle de bain, Carole prend une nouvelle fois conscience de la gravité de ce qui vient de se passer. De ce qu'il vient de lui faire. Des hématomes naissent déjà autour de ses yeux, et sur ses joues. Ils confirment malheureusement, que la forteresse qu'elle avait bâtie de ses bras, n'est pas parvenue à la protéger comme elle l'espérait : épargner les parties de son visage qu'elle parvient de plus en plus difficilement à camoufler. Les côtes, les bras ou les cuisses, ne lui posent pas de problème. Personne ne le saura, personne ne le verra. Mais le visage ?

Elle le déteste. Elle exècre cet homme du plus profond de son être. Si elle ne risquait pas de finir ses jours derrière les barreaux (malgré la légitime défense évidente), elle descendrait dans la cuisine, se munirait du couteau le mieux aiguisé et lui planterait en plein cœur. Il est malade, il a besoin de se faire aider, de se faire soigner (cela lui rappelle un douloureux souvenir), mais dès qu'elle aborde le sujet, c'est une nouvelle occasion pour lui de s'en prendre à elle.

Alors elle a fini par abandonner.

Carole a besoin de prendre l'air. Maintenant. Et Whisky aussi.

Avant de quitter la maison, elle prend un moment pour se rafraichir le visage et se farder un minimum. Elle attrape ensuite la laisse et enfile son manteau.

Munie de grosses lunettes noires, d'un foulard enroulé autour de son cou, Carole rejoue la scène dans son esprit. Elle ne saura même pas ce qui l'a mis en colère. Le compte bancaire ? Impossible. Cela ne fait pas tout à fait huit jours, et à moins qu'il l'ait suivie, il ne parviendra jamais à remonter jusqu'à « Madame Martel ». La voiture alors ? Il l'a peut-être vue entrer ou sortir du box ? Peu importe. Quoi qu'il en soit, rien ne méritait qu'il s'attaque à elle comme il l'a fait, et comme il ne cessera de le faire, encore et encore, si elle n'y met pas un terme avant qu'il ne soit trop tard.

19 h 45. Whisky apprécie cette promenade qui s'éternise. Carole n'a pas envie de rentrer. Même si elle sait généralement qu'elle dispose de plusieurs heures, de longues heures de tranquillité, elle refuse de remettre les pieds dans cette maison dans l'immédiat, voire plus jamais. Pourtant, il va bien falloir. Elle a une chose à récupérer à tout prix et qui pourrait lui sauver la vie.

En passant devant la devanture du Café Brun, ouvert jusqu'à 23 h 00 même un soir de semaine, elle se dit qu'un réconfort caféiné lui ferait le plus grand bien, et cela lui donnera l'occasion de rencontrer le patron dont lui parlait le monsieur devant le box, l'autre jour.

Elle attrape Whisky puis entre dans l'établissement. Alors qu'elle s'apprête à s'assoir à une table libre, une voix l'interpelle.

— Madame, excusez-moi, mais les chiens sont interdits ici.

— Monsieur, s'il vous plaît, accordez-moi juste le temps de boire un café. Mon chien restera tranquille, c'est promis, et…

— Ce n'est pas le souci, Madame. Si je vous l'accorde à vous, je devrais alors l'accorder aux autres. Et puis, vous n'avez pas vu la pancarte à l'entrée ?

La voix tremblante, Carole sent qu'elle est prête à pleurer. Elle n'a pas la force de poursuivre cette conversation stérile, alors elle capitule sans faire d'histoire. Après tout, c'est elle qui est en tort.

Tandis qu'elle se lève et s'apprête à quitter l'endroit, une autre voix intervient.

— C'est bon Franck, je connais cette dame et son chien ne te causera aucun ennui, je m'en porte garant. Laisse-la s'assoir, s'il te plaît.

Carole se retourne et remarque un client accoudé au bar : un homme grand et élégant, âgé d'environ 55 ans. Il lui sourit puis il s'avance vers elle. Elle le reconnaît. C'est l'homme qu'elle est certaine d'avoir déjà rencontré avant ce soir-là. Impossible que ce soit ici vu que c'est la première fois qu'elle y met les pieds. Alors qui est-ce ? Carole fouille dans son esprit – le brouillard de l'autre soir s'est dissipé – elle se souvient alors.

La tête presque constamment baissée lors de leur première rencontre, elle n'avait pas correctement enregistré ses traits. Mais cette voix douce et courtoise...

Il s'agit bien de l'homme qui lui loue le box. Ce garage gardé secret et qui renferme sans aucun doute la raison de sa dernière raclée.

20

La météo est capricieuse en ce début de soirée.

François est dans sa voiture.

Toujours à la même place : suffisamment proche de la maison pour apercevoir qui entre et sort, mais assez éloigné pour ne pas se faire repérer.

Le carnet qu'il tient entre les mains recense désormais les habitudes de Carole. Bien qu'aucun contrat n'ait été officiellement signé pour la location du box, François croit, en effet, se rappeler qu'elle s'appelle Carole – c'est du moins comme cela qu'elle s'est présentée à lui – mais il s'agit peut-être d'un prénom d'emprunt. Quant au petit chien qui l'accompagne tout le temps, il ignore encore son nom.

07 h 45 : elle sort de chez elle pour prendre le bus. L'autre est posté derrière sa fenêtre.

07 h 58 : elle récupère sa voiture dans le box.

08 h 15 : elle gare sa voiture sur le parking et entre dans le bâtiment municipal pour prendre son service.

12 h 30 : elle traverse la rue et déjeune avec une collègue. Toujours la même.

13 h 45 : elle reprend le service puis à 17 h 11, elle remonte dans le bus pour rejoindre sa maison.

Cela fait presque une semaine que François la suit, comme un détective sournois et vicieux. Son obstination le surprend. Elle n'est pas Marianne. Sauver cette femme ne la ramènera pas. Pour autant, il n'en démord pas : elle a besoin de lui, il le sent, il le sait.

Il préfère donc se dire qu'il veille sur elle, plutôt qu'il l'épie.

Plusieurs fois, il l'a vue sortir en pleurant le soir. L'occasion pour elle de promener son chien, et surtout d'échapper à ce (celui) qui la rend malheureuse.

Ce soir il s'attend à la voir aussi. Dérogera-t-elle à la règle ? Non. Carole sort enfin. Ponctuelle, comme toujours. Et à en juger par les lunettes de soleil qui masquent son visage – inutiles à cette heure tardive –, il imagine aussitôt le pire.

Cela a assez duré. Il doit savoir, quitte à passer pour un malotru, un fou même, qui se mêle de ce qui ne le regarde pas. Tant pis.

Pourtant, il est hors de question de l'effrayer une nouvelle fois. L'autre soir, dans la ruelle, il a bien vu la peur dans ses yeux, et qu'elle ne l'avait pas reconnu. Il n'a pas osé se présenter officiellement. Ne sachant comment s'y prendre, il s'est contenté de lui remettre son parapluie.

Il a aussitôt regretté de l'avoir suivie comme ça, en pleine obscurité, tel un délinquant qui s'apprête à commettre un délit, ou quelque chose de plus grave. C'était totalement idiot, irrespectueux voire méprisable. Mais il n'abandonne pas.

François connaît par cœur le trajet de la promenade quotidienne, et sait que dans quelques minutes, elle passera devant le café de son ami. Il décide de l'y attendre. Derrière la large devanture, il pourra guetter son passage, et c'est à ce moment-là qu'il se manifestera.

Finalement, rien ne se passe comme il l'avait prévu.

Carole vient d'entrer dans l'établissement.

En apercevant le petit animal qui l'accompagne, Franck lance une remarque et vient, sans le savoir, d'offrir à François l'opportunité qu'il attendait.

21

Alice

Gaspard jette un regard furtif dans le rétroviseur. Sur la banquette arrière, Alice est pensive. Sa cliente, d'ordinaire bavarde à chaque retour de recueillement, est plutôt silencieuse ce matin. Il s'en inquiète.

— Tout va bien, Alice ?

— On ne peut mieux, mon p'tit Hubert, ne t'en fais pas.

— Pas à moi, s'il vous plaît. Je vois bien que vous n'êtes pas comme d'habitude. Lucien n'a pas voulu vous parler aujourd'hui ?

Alice repense alors à l'idée saugrenue de son époux et ose en faire part à Gaspard. Mais, elle tourne autour du pot un petit moment.

— Seriez-vous d'accord pour m'accompagner quelque part demain ?

— Ma chère Alice sortirait alors deux fois dans la semaine ? Quelle chance pour moi !

— Arrête de te moquer, tu veux ! J'ai plus du triple de ton âge, tu pourrais…

— Vous témoigner un peu plus de respect ? Entendu. Mais avouez que c'est malgré tout tentant de vous charrier un peu à ce sujet, non ? Toutefois, je me permets de vous féliciter et je vous accompagnerai où vous voudrez.

— Parfait ! Disons demain, en bas de l'immeuble, à 14 h 00 précises.

— Vous aimez la précision vous, dites-donc !

— De mon temps, jeune homme, il était important de toujours…

— D'accord, Alice, s'il vous plaît, épargnez-moi votre nostalgie bidon. Il faut vivre avec son temps, ok ? Et au 21ème siècle, cinq petites minutes de retard sont largement tolérées.

— Si tu le dis. Je compte tout de même sur toi pour ne pas me faire attendre, même cinq petites minutes.

— C'est vous la patronne !

Gaspard gare son véhicule devant l'entrée de l'immeuble et, tel un gentleman, descend pour aider Alice à sortir de la voiture – elle, sa chaise pliante et son vieux cabas à roulettes.

— Pourquoi vous prenez ce truc avec vous ?

— Qu'est-ce que ça peut bien te faire ?

— C'est juste que, jusqu'à preuve du contraire, les supermarchés dans les cimetières ne sont pas encore à la mode.

Gaspard se tord de rire. Alice ne montre aucun signe d'amusement et tourne les talons aussi sec. Gaspard arrête ses sottises et remonte dans la voiture.

Avant de repartir, il s'assure que la vieille dame atteigne le haut des marches du perron sans difficulté, puis baisse sa vitre et ajoute, en haussant légèrement la voix pour qu'elle puisse l'entendre :

— Puis-je vous demander où vous souhaitez que je vous emmène demain ?

— Tu es bien trop curieux et impatient, mon p'tit Hubert. À demain et sois à l'heure !

Alice disparaît derrière la grande porte en bois et se surprend à afficher un franc sourire. Il y avait bien longtemps qu'elle n'avait pas ressenti cela. *Hubert* lui est très agréable et elle sent qu'elle va pouvoir redevenir elle-même en sa présence.

En effet, l'image qu'elle donne à ses voisins depuis trois ans, n'est pas celle qui la représente le mieux.

22

Alba

Le tramway est moins fréquenté qu'en semaine. Alba aurait pu s'asseoir n'importe où, pour autant, elle occupe toujours la place de devant, juste derrière le conducteur. Elle ignore pour quelle raison, mais cela la rassure – au-delà du fait qu'elle croit toujours pouvoir sortir plus vite que tout le monde.

Elle regarde par la fenêtre.

Les larmes silencieuses qui coulent le long de ses joues, lui rappellent celles qu'elle a versées dans le train, dix-huit mois plus tôt, quittant sa famille, ses amis, sa vie, dans le but de découvrir un nouveau pays, de nouvelles coutumes et surtout rencontrer des personnes dont elle se faisait une idée des plus sympathiques et accueillantes.

Et voilà ce qu'elle récolte finalement ? Être traitée comme une moins que rien, jouer les boniches pour satisfaire les caprices débiles d'une pimbêche tout aussi débile, qui confond l'espagnol et l'italien et qui pourrait tenir une conversation passionnante avec une poule.

Admirant le paysage qui défile sous ses yeux, Alba se remémore aussi sa première expérience en France, qui l'avait également troublée. Mais, c'est derrière elle maintenant, et elle doit tourner la page. Ne recevant aucune nouvelle, elle se dit que tout va bien pour eux. Et cette idée la rassure un peu.

Cléo ne mérite pas que quelqu'un se rende malade pour elle, Alba doit se ressaisir. Elle refuse de la laisser gagner à ce petit jeu dont elle est la seule à décider des règles. C'en est terminé. Elle se fait la promesse que, dès ce soir, lorsqu'elles seront toutes les deux devant leur assiette, elle lui balancera tout ce qu'elle a sur le cœur – à défaut de pouvoir lui balancer autre chose en pleine figure. Des mots suffiront et elle ne risquera pas d'aller en prison pour ça.

Enfin, elle croit.

Ragaillardie, Alba sèche ses larmes et admire son reflet dans la vitre. L'image qu'elle lui renvoie est différente de celle qui remplissait le miroir un peu plus tôt dans la matinée.

Son visage, ses traits sont soudainement transformés, déterminés à ne plus se laisser traiter de cette manière. Et Cléo ne se doute pas une seule seconde de quoi « Conchita » est capable.

23

Carole

— C'était vous l'autre soir ?

— En effet, je…

— Merci pour mon parapluie. Je n'aurais pas dû m'enfuir comme je l'ai fait, mais j'ai eu peur, j'ai cru que…

— Tout va bien, ne vous ne faites pas.

— En tout cas, je vous remercie d'être intervenu tout à l'heure. En temps normal, je n'aurais pas répondu, mais ce soir plus que jamais, j'avais vraiment besoin de ce café. Et je ne sors jamais sans Whisky.

— Vous ne venez pas de dire un café ? Il faudrait savoir !

Carole sourit timidement.

— Pourquoi avoir fait ça ? Vous ne me connaissez pas après tout, alors pourquoi ?

— Faut-il absolument avoir une raison pour justifier ses actes ?

— Non, en effet.

— Bien. Vous ne voudriez pas retirer vos lunettes, à présent ? Il ne vous manque plus que la capuche en mode gangster, pour que le patron vous mette dehors pour de bon. Et alors, je ne pourrai plus rien pour vous.

Carole ne réagit pas et commence à se lever, attrapant sa veste posée sur le dossier de sa chaise.

— Pardonnez-moi, je ne voulais pas paraître désobligeant. Je pensais que ça vous ferait sourire. J'ai comme l'impression que ça ne vous est pas arrivé depuis longtemps. Je me trompe ?

Carole stoppe son mouvement, le regarde, puis se rassoit lentement. Cet homme a l'air sincère. Et ce qu'il a eu la gentillesse de lui autoriser pour la location, sans poser la moindre question, pourrait confirmer l'idée qu'elle se fait de lui. Il avait probablement remarqué les marques foncées qui salissaient déjà sa peau, et il se doutait que la discrétion était de mise.

Peut-elle lui faire confiance ? Elle le pense, oui. Elle retire alors ses lunettes et ne fait aucun commentaire à ce sujet – il a la correction de ne rien montrer lui non plus –, puis elle réagit à sa dernière remarque sur le ton de la plaisanterie.

— Vous vous trompez en effet.

— Vraiment ?

— Vraiment. Pas plus tard qu'hier soir devant *L'amour est dans le pré*, j'ai éclaté de rire lorsque l'autre abruti a fini la tête la première dans la bouse de sa vache laitière, ventant, juste avant, tous les bienfaits de ces déjections sur la fertilité de ses sols.

— Depuis le tournage, il s'est peut-être rendu compte qu'elles étaient aussi bénéfiques pour la santé de sa peau !

Carole sourit. Elle rit, même.

— Je m'appelle François et vous c'est Carole, c'est bien ça ?

— Vous vous souvenez des prénoms de tous vos clients ?

(C'est donc son vrai prénom).

— Uniquement de ceux dont je suis persuadé pouvoir leur venir en aide.

L'absence de réaction de Carole l'encourage à ne pas s'engager tout de suite sur ce chemin-là. Sa précédente remarque était peut-être maladroite et un peu trop directe. Il tente alors de détendre l'atmosphère crispée qui vient de s'installer entre eux.

— Et sinon, votre voiture se porte comment ?

C'est loupé, il n'a rien détendu du tout.

Carole se ratatine aussitôt sur sa chaise et laisse couler les larmes qu'elle retient depuis qu'elle est entrée ici.

Jusque-là, François ne savait pas comment s'y prendre, mais l'intense tristesse et la peur aussi, qu'il détecte à nouveau dans son regard, lui lancent un signal d'alerte. C'est le bon moment. Et tant pis si ses mots sont mal choisis. Il va droit au but et il verra bien.

— Il a fini par le découvrir, c'est ça ?

Carole redresse la tête, essuie ses larmes et renifle bruyamment.

— Comment osez-vous me parler de ça ou même supposer que…

— Pardonnez-moi Carole, mais je devine que vous traversez des moments difficiles et je me sens redevable…

— Redevable ? Mais de quoi ? Et envers qui ? Et d'abord, pour quelle raison pensez-vous devoir m'aider ?

François la regarde droit dans les yeux. Ils affichent une expression mêlant colère et incertitude. Quant aux siens, ils s'emplissent progressivement de larmes. Carole s'en aperçoit mais elle ne dit rien, attentive à ce qu'il est sur le point de dire.

— L'an dernier, j'ai sauvé ma sœur des griffes d'une sale brute qui n'a toujours fait que tabasser les femmes. Elle m'en a voulu au début d'être intervenu dans sa vie. Et de toute évidence, je tenais davantage à sa vie qu'elle n'y tenait elle-même. Alors j'ai agi. Rapidement, sa peur s'est évanouie et, avec mon aide, elle a fini par le quitter. Pour un temps seulement. Elle a refusé de porter plainte et puis un jour, elle est revenue vers lui. J'étais en voyage à l'étranger à l'époque, et c'est à l'autre bout de la planète que j'ai appris sa mort par téléphone. Je ne m'en suis jamais remis. Alors quand j'ai vu les marques sur votre visage l'autre jour et que…

— Pourquoi vous me racontez tout ça ?

— Je vous en supplie Carole, ne faites pas comme ma sœur et partez tant qu'il est encore temps.

24

Alice

Le lendemain. 13 h 58

— Vous noterez que je suis en avance. Prête ?
— Je l'ai en effet remarqué, oui. Prête.
— Vous partez en promenade sans votre charrette aujourd'hui ?
— Je n'en aurai pas besoin.
— Ok. Bon, il s'agirait à présent de me dire où on va !
— Prend la direction du grand centre commercial et gare-toi là où il y aura de la place. C'est tout ce que tu as besoin de savoir pour le moment.
— Bien M'dame ! Accrochez-vous bien, ça va secouer.
— Fais attention mon p'tit Hubert, un coup de canne derrière la tête peut vite arriver si tu ne respectes pas les limitations de vitesse.

— Alice, voyons, qui prendrait le volant si vous m'assommez ?

— Certainement pas moi, sauf si tu ne tiens pas vraiment à la vie. Je n'ai pas le permis et je n'ai jamais touché une pédale de ma vie. Sauf quand mon père m'a appris à faire du vélo. En plus, j'ai un début de cataracte, alors tu…

— Alice ?

— Oui mon p'tit ?

— Puis-je vous demander votre âge ?

— Ce n'est pas digne d'un gentleman de poser ce genre de question à une dame, tu sais ?

— Loin de moi l'idée de vous offenser, je me posais la question, c'est tout.

— J'ai 92 ans et je les assume parfaitement.

— Ah quand même ! Merde alors ! Ma plus fidèle et généreuse cliente date de la préhistoire, et il y a un risque que notre contrat prenne fin rapidement. Je suis déçu, Alice, si vous saviez.

— Sale gosse. Je te paie pour conduire, pas pour être insolent, alors roule et tais-toi.

Quelques embouteillages sur le périphérique les auront retardés – bien qu'ils ne s'étaient fixé aucune heure d'arrivée précise, contrairement à celle du départ. Alice fait des efforts.

Gaspard gare enfin la voiture.

— Vous avez une carte prioritaire pour le stationnement ? Tous les vieux ont ça, non ?

— Je considère qu'on est vieux qu'une fois qu'on est mort, et jusqu'à preuve du contraire, je suis encore en vie. Donc, non, je n'ai pas de carte débile de je ne sais quoi, et ma canne fait très bien le travail. Fais attention, je pourrais te distancer plus vite que tu sembles le croire.

— Surtout ne changez rien, Alice, vous êtes la grand-mère que j'ai toujours rêvé d'avoir. Ou plutôt l'arrière-grand-mère, d'ailleurs… Aïe !

— Coup de canne, je t'avais prévenu. Cesse de dire des âneries et agrippe mon bras de l'autre côté pour stabiliser ma vieille carcasse.

— Ah, je croyais que vous ne vous considériez pas encore comme une…

— Tu vas te taire à la fin ! Dis-moi plutôt où se trouve le magasin qui vend des trucs qui servent à aller sur l'Internet ?

— …

— Hubert ?

— Il me semble que vous venez de me demander de me taire, faudrait… Aïe ! Non, mais ça va pas !

— À défaut de te le prendre derrière la tête, en voici un dans le derrière. Arrête de faire ton malin et montre-moi lequel c'est, tu veux ?

— Ok, ok. C'est celui qui fait l'angle, là-bas.

— Allons-y !

— Alice, qu'est-ce que vous mijotez ?

— Je me le demande bien moi aussi, mon p'tit Hubert. Mais j'ai fait une promesse et je n'ai malheureusement qu'une seule parole.

25

Alba

Après son service, Alba est donc passée chez l'épicier, comme Cléo l'avait insidieusement ordonné. Il s'appelle en réalité Habib et il est très sympathique. Il n'a pas hésité à prononcer quelques mots maladroits en espagnol, par respect pour sa nouvelle cliente, et Alba fut touchée par cette gentille attention. Cela faisait trop longtemps que plus personne ne lui en avait témoignée.

Elle est donc repartie avec du café – moulu et en grain, car le message ne le précisait pas – ainsi que des tampons, du plus fin et moins absorbant, au plus large et adapté aux flux les plus abondants. La petite surface du miroir n'aurait pas pu contenir toutes ces informations non plus, de toute façon. Alba a donc pris tout ce qui existait, bien qu'elle soit convaincue malgré tout, que cela ne conviendra toujours pas.

Mais, à présent, elle s'en moque totalement.

Les bras chargés de paquets, elle peine à introduire la clé dans la serrure. Une fois glissée à l'intérieur et après deux tours dans le sens inverse des aiguilles d'une montre, Alba actionne la poignée, tout aussi péniblement, puis entre. Elle dépose son sac et ses clés dans l'entrée puis range ses achats dans les placards qui leur sont dédiés.

Cet après-midi, elle compte bien profiter de sa solitude pour se reposer, et par la même occasion, réfléchir à la meilleure manière d'aborder les choses avec Cléo lorsqu'elle sera de retour à la maison – généralement vers 19 h 00.

Deux œufs brouillés, une tranche de pain complet grillée et un morceau de fromage, remplissent l'assiette déposée sur la petite table basse. Alba a une faim de loup. Elle commence à manger avec pour seule compagnie, le tic-tac de la pendule. Elle aime ce bruit à la fois imperceptible et extrêmement relaxant. Elle ferme les yeux un instant, accordant une attention toute particulière à sa mastication – c'est important pour faciliter la digestion et avoir un bon transit intestinal. Bref.

Alors qu'Alba approche une nouvelle fois la fourchette de sa bouche, elle entend des voix provenant de la chambre – ou plutôt des gémissements qui ne laissent place à aucune interprétation. Manifestement, Cléo n'a pas travaillé aujourd'hui et se trouve toujours en compagnie de son amant de la veille – à moins qu'il ne s'agisse d'une nouvelle victime, dégotée elle ne sait où ni quand. Alba tente de faire abstraction des vocalises que poussent Cléo, mais leur vigueur lui coupe soudainement l'appétit.

Elle voudrait s'isoler dans sa propre chambre et faire comme si elle n'avait rien entendu – voire, comme si elle n'était pas là du tout – mais, mis à part la pièce où se trouvent les deux chanteurs d'opéra, il n'y a que le salon. Alors Alba attend patiemment que leurs ébats se terminent.

Entre deux bouchées qu'elle a dû mal à avaler, elle consulte la pendule et se demande bien comment c'est physiquement possible de tenir aussi longtemps ! Mais peu importe, elle ne veut même pas le savoir, elle veut juste que ça s'arrête.

Elle hésite à repartir mais il n'y a pas grand-chose à faire alentour, hormis peut-être taper la causette avec Habib, qui ne semblait pas débordé tout à l'heure, et qui serait probablement heureux d'avoir un peu de compagnie.

Alba est parvenue à terminer son assiette. Toujours aucun signe des deux autres. Une crise cardiaque peut-être ? Alba sourit en imaginant deux secondes, l'intervention des secours, découvrant deux corps totalement dévêtus, et peut-être même encore emboités l'un dans l'autre… Cette vision est pire que celle de la crise cardiaque elle-même.

En plein milieu de sa rêverie, Alba sent soudainement une présence. Proche, très proche. Elle ouvre les yeux et découvre un homme, sans un seul vêtement sur la peau. Par réflexe, elle se projette en arrière sur le canapé.

— Mierda ¿ pero quién eres ?[11]

— Salut ! Je m'appelle…

— Ah, je vois que vous avez fait connaissance, tous les deux. Stéphane, Conchita. Conchita, Stéphane. C'est la coloc dont je t'ai parlé qui fait les ménages dans des hôtels.

Puis Cléo se tourne vers Alba.

— Stéphane n'est autre que le PDG de l'entreprise Albertini Constructions et c'est un très bon client de la boutique.

---

[11] Merde. Mais qui êtes-vous ?

L'autre, fier comme un cop et qui s'est enfin enroulé un plaid autour de la taille, prend un air condescendant et s'adresse lui aussi à Alba, qui semble s'être reçue un coup de poing en pleine figure. Stéphane ? Albertini machin chose ? C'est pas possible. Elle doit avoir mal compris ou alors...

— Tu travailles où en ce moment, Conchita ? Première classe ou B&B ?

Cléo s'esclaffe et il ne tardera pas à la suivre. Alba est toujours sous le choc. C'est lui, elle en est certaine. Et la poule de luxe allongée par terre dans le petit salon, ne peut être que Cléo. Maintenant qu'elle y repense : ces cheveux blonds, ce corps fin et athlétique, ça pourrait correspondre. Elle veut en avoir le cœur net et coupe court à leur moquerie en répondant aussi sec :

— Je travaille au Palais Gallien.

Soudain leurs deux visages changent de couleur et d'expression. Ils se métamorphosent, se déforment, leurs yeux sortent de leurs orbites. Tous les deux se regardent, incrédules.

— Tu déconnes, Conchita ? On vit ensemble depuis plus d'un an et c'est aujourd'hui que tu...

— Cléo, tu ne t'es jamais intéressée à moi, à ce que je faisais, où je travaillais, mes passions, mes envies, ma vie. Rien. Alors à quoi bon te parler de mon boulot ou d'autre chose d'ailleurs ? Hein, dis-le moi ?

— Putain, mais tu maîtrises grave le français en fait ! Tu cachais bien ton jeu, Conchita. Au fait, tu as fait les courses ?

— Et toi, tu cachais bien le tien aussi, hein ? ¡ Desgraciada ![12]

— Mais de quoi tu parles ?

— Je parle des deux salopards qui, il y a huit jours, ont dévasté une des suites du Gallien, que j'ai dû récupérer de fond en comble et…

— De fond en comble, tout de suite les grands mots. C'est bien les Espagnols ça, voir toujours tout en grand !

— … euh ma chérie, je pense qu'on dit plutôt ça des Américains, non ?

Le regard noir que lui lance Cléo, lui coupe instantanément l'envie de continuer. Elle poursuit, l'autre ne fait plus le malin.

---

[12] Pauvre fille !

— On parle de quelques confettis et draps par terre, c'est pas la cata non plus !

Alba ne relève pas les commentaires puérils de Cléo, et passe en mode offensif.

— Et d'ailleurs, ma chère Cléo, que penses-tu du fait que ton cher et tendre se soit enfui en te laissant là, toute seule, bourrée et sans plus aucune dignité, si l'on considère le caleçon ridicule que tu portais ce matin-là, et qui devait sans aucun doute lui appartenir ?

Cléo reste stupéfaite. Sa répartie s'est fait la malle en même temps que son honneur. Alba n'en a pas encore terminé, et pas mécontente de son petit effet, elle s'attaque maintenant au goujat qui sert de compagnon – ou de plan cul – à cette garce, et sur lequel elle a fait quelques recherches et a découvert des choses plutôt intéressantes.

— Quant à vous, Monsieur Albertini, votre épouse et vos deux enfants sont-ils au courant que vous fréquentez ce genre d'établissement, et de surcroît en tout autre compagnie que la leur ? J'imagine que non. Votre pauvre épouse ne doit certainement mériter que des nuits dans des B&B !

— Conchita, tu dépasses les bornes là !

— C'est moi qui dépasse les bornes ? Tu plaisantes, espèce de…

— Oh, calmez-vous, il y a certainement moyen de trouver un arrangement. Cléo, on va arrêter nos conneries, je vais tout avouer à ma femme et…

— Rassurez-vous, vous n'aurez pas à le faire. À l'heure qu'il est, elle a probablement déjà lu la lettre que j'ai glissé sous votre porte très, très tôt ce matin. Elle vous était adressée pour être exacte. Mais, je ne me doutais pas que vous ne seriez pas chez vous. Je voulais que vous preniez conscience que vos agissements irrespectueux envers le personnel de l'hôtel, étaient abjectes et impardonnables. Et j'étais loin de m'imaginer que celle qui vous accompagnait, n'était autre que ma colocataire qui me fait vivre un enfer depuis que j'ai mis un pied ici ¡Qué oportunidad![13] Une occasion en or de mener une double vengeance.

— Bon, ok, qu'est-ce que tu veux, Conchita ? demande Cléo qui est littéralement en train de se décomposer, agrippant son acolyte par le bras qui, pour sa part, vient de se liquéfier sur le lino.

---

[13] Quelle aubaine !

26

Carole

François ne loue pas que des box. Il est aussi très impliqué dans une association œuvrant pour l'accompagnement des femmes victimes de violences conjugales. Il proposa donc à Carole de passer la nuit là-bas. De petites chambres spartiates mais coquettement aménagées, sont à disposition des victimes, dans un foyer dont l'adresse n'est connue que par ceux qui le dirigent – et, de fait, par celles qui y logent. Un rapide coup de téléphone suffit à lui réserver une place pour la nuit.

Le lendemain matin

— Allô ?
— Bonjour Carole, avez-vous bien dormi ? Vous avez été vue par le médecin ?
— Pas encore. J'ai rendez-vous après le travail aujourd'hui. Et, oui, j'ai bien dormi. Quelques

mauvais rêves m'ont réveillée à plusieurs reprises, mais dans l'ensemble, la nuit a été bonne. Je vous remercie à nouveau pour ce que vous avez fait pour moi. Rentrer à la maison hier soir était inconcevable et…

— Arrêtez de me remercier. Ça fait peut-être la quinzième fois en moins de douze heures. Tout va bien Carole. Vous voulez certainement récupérer des affaires chez vous ? Voulez-vous que je vous accompagne ?

— Je… j'ai besoin d'y retourner en effet, mais vous en avez déjà assez fait, je vais y aller seule.

— Entendu. Gardez mon numéro pas trop loin et soyez prudente.

Tandis que Carole est sur le point de raccrocher, elle entend à nouveau la voix de François qui jaillit du téléphone.

— Carole ?

— Oui.

— Promettez-moi de réfléchir à ce que je vous ai dit hier soir, d'accord ?

Il n'obtiendra pour seule réponse, que le bip annonçant une fin d'appel.

Quittant tôt le foyer, et avant d'embaucher, Carole fait un détour par chez elle et gare sa voiture devant la maison – plus aucune raison de la cacher à présent. Whisky attend sagement à l'arrière et regarde sa maîtresse s'éloigner.

Carole pénètre doucement dans la maison. La porte n'était pas fermée à clé. Il est donc là.

Sur ses gardes, elle inspecte chaque pièce. Personne. Pas un bruit. Il est peut-être encore à l'étage ?

Arrivée au milieu de l'escalier, une ombre se dessine sur le palier. C'est sûrement lui. Carole essaie de ne pas paniquer. Il faut qu'elle atteigne sa chambre, qu'elle ouvre la porte de la penderie, qu'elle attrape la boite à chaussures dissimulée en haut des étagères et qu'elle en sorte ce qu'elle est venue chercher, sans oublier de prendre quelques vêtements et affaires personnelles – bien qu'elle ne soit pas vraiment attachée à grand-chose, à l'exception de cette maison qu'elle a héritée de ses parents. Tant pis. Elle attendra encore un peu avant de pouvoir en jouir à nouveau pleinement.

Mais pour cela, elle devra avoir le courage d'aller jusqu'au bout de ce qu'elle prépare depuis des mois, et qui lui rendra enfin sa liberté. Et pourquoi pas, une chance de renouer avec son fils et de faire à nouveau partie de sa vie.

— Où as-tu passé la nuit ?

Carole n'avance plus, elle est tétanisée.

Serge se tient face à elle, juste en haut des marches, il lui barre la route. Son cœur bat à toute allure. Elle a déjà vécu cette scène, les talons en déséquilibre, au bord du précipice. Elle ne survivrait pas à une nouvelle chute aussi brutale. Alors, elle ose le pousser un peu, l'incitant ainsi à faire quelques pas en arrière. Et contre toute attente, il ne se révolte pas. Au contraire, il semble calme et il n'y avait aucune agressivité dans sa voix. Carole en profite pour s'éloigner du vide, et bien que sa décision soit prise, l'emprise machiavélique qu'il a sur elle est encore bien présente et elle en perd ses mots.

— Serge, je…

— Je ne te demande aucun compte. Après ce que j'ai fait hier soir, c'est normal que tu aies voulu fuir. Mais je suis content que tu sois là.

Content qu'elle soit là ? Rien d'étonnant. L'idée de vivre seul l'a toujours effrayé. Et puis, sur qui passerait-il ses nerfs ? Mais Carole ne se laisse plus intimider par ses fausses excuses auxquelles elle ne croit plus. Elle prend alors une grande inspiration et parle enfin.

— On parlera de tout ça ce soir quand je rentrerai, tu veux bien ? Je suis déjà en retard. Je veux juste changer de vêtements et…

Carole sent une pression au niveau de son avant-bras. Tels les griffes d'un rapace enserrant leur proie, les doigts de Serge s'enfoncent dans sa chair. Carole lève les yeux vers lui et découvre ce regard qu'elle connait si bien. Ces yeux injectés de sang.

— Ne me prends pas pour un con, Carole !

Tant bien que mal, elle essaie de garder un semblant d'aplomb.

— Je serai à la maison à 17 h 30 comme d'habitude. Je te le promets. Maintenant, lâche-moi, s'il te plaît.

Serge la fixe du regard comme pour dire « ne me la fais pas à l'envers », puis il obéit et Carole se réfugie dans sa chambre.

27

Alice

La sonnette de l'appartement retentit. Alice se lève péniblement de son fauteuil et se dirige vers l'entrée. Elle regarde par l'œilleton, esquisse un sourire, puis ouvre la porte.

— Je suis sûr que vous avez regardé au travers de votre machin avant d'ouvrir, c'est un truc de vieux ça !

— Je ne vois pas où est le mal !

— Vous saviez pertinemment que c'était moi, puisque c'est vous qui m'avez demandé de venir à cette heure-ci. Et d'après ce que j'ai cru comprendre, personne ne se bouscule au portillon pour venir vous voir !

— Tu sais que j'en ai virés pour moins que ça !

— Vous n'oseriez pas, je vous manquerais trop ! Et d'ailleurs, pourquoi encore une heure précise ? Les rendez-vous à l'improviste, c'est pas mal non plus, vous savez ?

— Mon p'tit Hubert, s'ils étaient improvisés, comme tu dis, ce ne serait plus des rendez-vous. Et pour l'heure, c'était juste pour t'embêter.

— C'est pas faux ! Mais je m'appelle toujours Gaspard, Alice, arrêtez avec votre Hubert. C'est juste mon métier. Je suis taxi Uber, U. B. E. R. C'est à l'origine, le nom d'une plateforme de mise en relation entre clients, comme vous, et VTC, comme moi.

— VT quoi ?

— VTC. Voiture de transport avec chauffeur.

— Ah d'accord. Un chauffeur de taxi en somme ?

— Oui. C'est exactement ce que j'essaie de vous expliquer depuis dix minutes. Bon, sinon, vous comptez me faire entrer ou on va discuter sur le palier ?

— Bien sûr, entre et déchausse-toi !

— Oui, M'dame ! Bon, elle est où cette super tablette ?

Alice lui indique l'objet encore emballé et posé sur la table de la salle à manger.

— J'ai préféré t'attendre, j'avais peur de faire une bêtise. Et à mon avis, d'après l'image sur le carton, c'est pas complet…

Gaspard affiche un air septique, Alice ajoute :

— ... et j'ai gardé le ticket de caisse au cas où.

— Vous avez bien fait. Bon, commençons par le commencement. J'imagine que vous savez au moins reconnaître un bouton marche/arrêt ?

— Au lieu de te moquer de moi, montre-moi plutôt comment ça fonctionne, tu es venu pour ça, à ce que je sache !

Petit sourire aux lèvres, sourcils froncés, bout de langue sorti et air faussement sérieux, le jeune homme déballe l'objet avec précaution. Alice intervient immédiatement.

— Ah ! Je savais bien qu'il manquait quelque chose ! Il est où le bidule avec les touches ?

— Alice, c'est une tablette tactile, il n'y a pas de clavier.

— Et comment j'écris alors ? Par l'opération du Saint Esprit ?

— C'est tout l'intérêt du tactile. Vous appuyez directement sur l'écran...

Moment de flottement. Gaspard reprend.

— ... mais la fonction dictée est aussi possible, ne vous en faites pas.

Alice ne dit rien. Elle se contente de cligner des yeux comme si elle le prévenait en morse qu'elle n'y comprenait rien du tout. Absolument rien du tout.

— On part de loin, là.

— Lucien aurait compris, lui.

— Ça ne fait rien. Par contre, j'espère que vous avez assez à dîner pour deux, car je pense en avoir pour un moment.

Alice bougonne, elle déteste tous ces trucs modernes. Toutefois, elle ne serait pas contre partager son bœuf bourguignon, et elle a bien l'intention d'user de ses talents de comédienne pour le monopoliser encore un peu.

La tablette allumée, Alice est penchée au-dessus, la bouche grand ouverte, attentive aux explications de Gaspard.

— Ce bouton sert à l'allumer et c'est le même pour l'éteindre, celui-ci sert à augmenter ou diminuer le volume et ici, vous avez le témoin de charge ou le niveau de batterie, pour faire simple. Il faudra que vous le surveilliez. Quand le petit rectangle est presque vide, vous prenez ce câble, puis vous enfoncez ce petit embout ici, et celui-là, le classique, dans la prise qui est dans votre mur juste ici, comme ça vous pourrez la poser sur la table en sécurité pendant qu'elle se recharge…

Alice s'amuse de la façon dont il s'adresse à elle. Elle n'a jamais touché une tablette tactile de sa vie mais quand même, elle n'a plus cinq ans.

— … vous vous connectez ensuite au Wifi en cliquant ici et vous pourrez consulter tout ce que vous voulez à partir du moteur de recherche de votre choix. Google, Yahoo, Bing…

Ça y est, il vient de la perdre en route. Alice est au bord de l'évanouissement – ce qui pourrait faire partie de sa stratégie pour dresser deux couverts ce soir – mais elle semble vraiment mal, perdue, ailleurs. Gaspard s'interrompt.

— Alice ? Ça va ? Vous m'entendez ?

— Pour mon plus grand malheur, oui, je t'entends, mais je ne comprends absolument rien à ce que tu me dis. Bon sang, vous les jeunes avec vos phrases qui semblent venir d'un temps qui n'existe pas !

— Mais quelle réac, j'y crois pas ! Alice, c'est pas très compliqué, je vous ai tout paramétré. Vous payez déjà un abonnement pour le téléphone et la télé. Internet est compris dedans.

— Ah bon ? J'imagine que c'est Lucien qui s'était occupé de tout ça.

— Probablement. Et à partir de votre tablette, vous avez maintenant accès à tout ce que vous voulez savoir. Demandez-lui un truc, n'importe quoi ?

— Demander un truc à qui ?

— Bon, laissez tomber, on va installer celui-là, c'est très bien. Et vous n'aurez plus qu'à cliquer sur ce petit logo coloré en forme de G, juste ici, pour vos recherches. Je vous mets un raccourci sur l'écran. Alors, demandez-moi un truc ?

— Euh… je ne sais pas. Quand est-ce que mes voisins du troisième vont déménager ?

— Ce n'est pas Madame Irma non plus.

— Tu m'as dit « tout ce que vous voulez savoir », alors ?

— Si ça pouvait prédire l'avenir, ça se saurait, croyez-moi. Bon, vous vouliez réserver une petite semaine au vert, il me semble ?

— Effectivement, Lucien me l'a ordonné et il m'a surtout fait promettre de réfléchir à la femme que je suis en train de devenir et qu'il n'aime pas du tout.

— Comme c'est étonnant !

Alice ne relève pas son sarcasme et poursuit, les yeux égarés.

— Je ne sais pas si je vais y arriver, Hub… Gaspard. Je n'ai pas quitté cet appartement depuis des années et rien que l'idée de m'imaginer vivre ailleurs, même pour une courte durée, me terrifie.

— Ne vous mettez pas la pression, Alice. Ce n'est que pour une petite semaine. Ou alors, un weekend pour commencer, peut-être ?

— Peut-être. En tout cas, je ne dois pas renoncer. Lucien me surveille et je veux qu'il soit fier de moi. Je vais le faire. Il faut que je le fasse pour retrouver la paix. Car c'est bien de cela dont il s'agit, non ? Dis, tu es célibataire ?

— J'ignore ce que cette question vient faire là et je dois reconnaitre que vous au moins, vous êtes directe. En revanche, je ne suis pas un peu trop jeune pour vous, Alice ? Que vont penser vos gentils voisins s'ils me voient…

— Ne dis pas de sottise, je n'ai que faire d'un gamin insolent qui change de prénom quand ça lui chante ! C'était pour savoir si tu voulais partir au vert avec moi, et de fait, m'assurer aussi qu'une jolie demoiselle ne se sentirait pas contrariée.

— Je suis célibataire. Ma dernière relation s'est terminée il y a peu de temps. De toute évidence, il ne supportait plus mes caleçons moches qui traînaient un peu partout.

— Il ? Ok. Eh bien, si tu me permets, c'est un imbécile ! En plus, je suis certaine qu'ils sont très jolis tes caleçons.

— Il ne sont pas trop mal, j'avoue. Mais, nous ne sommes pas là pour parler de moi et de mes sous-vêtements. Alors, dimanche prochain, vous demanderez à Lucien si une journée, à quelques rues d'ici, ça compte aussi. Nous passerons ainsi mon lundi de repos ensemble, si vous voulez. Et si ça peut l'aider dans sa décision, vous insisterez sur le fait que je suis ceinture noire de retournage de cerveau. En seulement quelques heures, vous repartirez métamorphosée, et plus jamais vous ne râlerez après qui que ce soit.

— Je vais faire comme si je n'avais pas entendu la fin de ta phrase. Mais pour la journée en ta compagnie, je lui poserai la question, c'est promis.

Alice lève la tête en direction de la pendule du salon, puis ajoute :

— Et sinon, tu aimes le bœuf bourguignon ?

28

Alba

Alba a menti.

Elle n'a jamais écrit aucune lettre ni même fait de recherches plus approfondies sur ce Stéphane. Elle voulait simplement lui donner une bonne leçon. En revanche, son coup de bluff aura révélé qu'il est bel et bien infidèle, marié et père de deux enfants. Elle avait vu juste sur ce point.

Quant à Cléo, qu'a-t-elle perdu dans cette histoire finalement ? Pas grand-chose, mis à part le fait que désormais, Alba ne réponde plus à ses moindres caprices. Elles ne s'adressent même plus la parole, mangent séparément et évitent de se trouver dans la même pièce au même moment – difficile pour Alba, qui dès que Cléo entre dans le salon, est obligée de s'enfermer dans les toilettes.

La jeune femme voit alors ses attentes déçues. Il va falloir qu'elle trouve autre chose pour venger tous ces mois de torture psychologique et malsaine. Mais pour l'heure, elle a bien l'intention de profiter de sa semaine de vacances bien méritée.

Elle attrape son téléphone et commence à fouiner sur des sites dédiés aux voyages et autres escapades en solitaire. Plutôt la montagne ? Ou alors la mer ? – les plages françaises sont très belles, paraît-il. Ou encore la campagne ?

Alba vient de Madrid. Alors, quel que soit l'endroit qu'elle choisira, elle sera de toute façon conquise. En ville, il n'y a aucun paysage mêlant plaine et relief, aucune étendue d'eau ou prairie avec des animaux en toute liberté, de petites routes exiguës et des lacs immenses bordés d'arbres majestueux.

Dans la barre de recherche, elle saisit donc un beau mélange de tout ça. Quelques mots clés bien choisis qui la guideront inévitablement vers le havre de paix qu'elle espère.

Bingo !

Une location en Airbnb dans un village de caractère, dont le nom attire immédiatement son attention. Une évidence pour Alba qui, croyant au destin, se dit que ce site ne figure pas par hasard dans la liste des suggestions. Le petit chalet dispose de deux chambres cosy et il est justement disponible aux dates qu'elle souhaite. Les photos sont superbes et lui donnent déjà envie d'y être. En revanche, un vrai parcours du combattant l'attend.

Alba vient de valider sa réservation pour une personne et passe un petit coup de fil à sa mère pour lui annoncer, prendre de ses nouvelles, et bien entendu lui en donner également.

— Hola mamá.

— Hola hija, ¿ cómo estás ?

— Estoy bien, de hecho, estoy muy bien. Puse a mi compañera de cuarto en su lugar y me siento mucho mejor.

— Te felicito, hija, no mereces que te traten así.

— Lo sé, mamá, y al final lo he entendido.

— Y entonces, ¿ has mejorado en francés ?

— Sí, muchísimo.

— Dime algunas palabras para ver los progresos que has hecho.[14]

---

[14] — Bonjour maman.
— Bonjour ma fille. Comment tu vas ?

— Ok. Donc, je vais partir quelques jours en vacances la semaine prochaine, et j'ai réservé dans un endroit splendide. J'ai parlé lentement et j'ai bien articulé, tu as compris ?

— Sí hija. Y tou envoyer à moi plein photos, ok ?

Alba est attendrie. Sa mère a encore quelques progrès à faire au niveau de la prononciation – elle comprend très bien en revanche – mais Alba est touchée par l'attention.

— Je te le promets.

La conversation dura de longues minutes. Alba raconta à sa mère les derniers évènements qui l'auront encouragée à partir et passer sa semaine de vacances hors de ces quatre murs (et surtout loin de Cléo). Elle évoqua donc la grande

---

— Je vais bien, je vais même très bien. J'ai remis ma colocataire à sa place et je me sens beaucoup mieux.
— Je te félicite, ma fille, tu ne mérites pas qu'on te traite ainsi.
— Je sais, maman, et finalement, je l'ai compris.
— Et alors, as-tu progressé en français ?
— Oui, beaucoup.
— Dis-moi quelques mots pour voir les progrès que tu as faits.

suite retrouvée dans un foutoir inqualifiable et l'incommensurable travail que cela lui a demandé ; la découverte inopinée des auteurs du carnage ; et surtout sa vengeance qu'elle a menée d'une main de maître – du moins pour l'un des deux. Elle sentit sa mère rassurée de la savoir en meilleure forme que la dernière fois qu'elle lui confia ses angoisses.

Avant de raccrocher, Alba lui demanda de lui rendre un petit service.

Pas peu fière d'aider sa fille dans sa quête de représailles, elle accepta sans difficulté. Le colis devrait être livré pendant son absence. Timing parfait !

29

Carole

Carole n'est pas parvenue à emporter autant d'affaires qu'elle l'aurait souhaité, elle voulait faire vite. Mais le principal est bien rangé dans son sac de voyage, qu'elle a pu dissimuler au moment de quitter son domicile. Par chance, Serge comatait dans le canapé, pour changer. Elle lui a malgré tout lancé quelques mots d'usage, avant de refermer la porte pour de bon.

— Bonne journée. À ce soir.

Bien entendu, elle ne reviendra pas. Ni ce soir, ni jamais. Du moins tant qu'il sera là.

Whisky se tient sagement sous le bureau. Carole raccompagne vers la sortie son dernier rendez-vous de la journée, qui ne se sera même pas aperçu de la présence d'un animal pendant presque plus de quarante-cinq minutes.

Il est bientôt 17 h 30 mais Carole ne se déconnecte pas tout de suite. Elle aimerait profiter de l'ordinateur du centre pour effectuer une dernière recherche.

Récemment, à la cafétaria, Béatrice lui avait raconté avec ferveur, le dernier weekend qu'elle avait passé à la campagne, avec son mari et ses trois enfants. Un village pittoresque qui valait le coup d'œil – pour reprendre ses propos. Carole s'était dit que le jour où elle parviendrait à fuir la maison, elle s'offrirait un moment rien qu'à elle (et Whisky) pour se ressourcer, sans personne pour lui dicter sa conduite, surveiller ce qu'elle fait, ce qu'elle mange, lui dire à quelle heure elle doit se coucher, se lever, voire se brosser les dents ou aller aux toilettes. Et surtout, pour ne plus avoir peur de s'endormir.

Elle tente le coup.

Après quelques clics, elle valide une petite location ainsi que la réservation de ses billets de train, d'avion et de bus – un périple de plusieurs heures qui lui permettra de s'éloigner de tout ça, prendre du recul au sens propre, comme au figuré.

Cette semaine, Carole dort au foyer. François l'a accompagnée une nouvelle fois dans ses démarches et a félicité sa décision. Porter plainte aurait été la cerise sur la gâteau, mais elle y parviendra peut-être un jour. Pour l'heure, il se contente de l'aider comme il peut, attendri par cette femme. Au moins avec elle, il n'a pas échoué. Enfin, il l'espère.

Tenant fermement la laisse, Carole ne peut retenir ses larmes. Les petits rebonds amusants de la petite queue en panache de Whisky, ne parviennent pas à lui redonner le sourire.

Elle doute. A-t-elle pris la bonne décision ? Ne devrait-elle pas revenir et l'aider à se faire soigner ? Le souvenir d'Alex lui revient alors en mémoire, sa culpabilité, ses remords aussi qui parfois l'empêchent de dormir, encore. Serge ne mérite peut-être pas d'être abandonné comme ça ? C'est un être humain malgré tout.

Un être humain ? Carole se ressaisit aussitôt. Cet homme est un monstre qui mérite ce qui lui arrive. Et bien pire l'attend. Carole le sait. Il lui faudra du temps pour tourner la page, mais elle y croit et elle ira jusqu'au bout.

La promenade du soir prend des allures de film à suspense. Bien qu'en sécurité aux abords clôturés du foyer, Carole est aux aguets.

Le moindre bruissement de feuilles, oiseau nocturne qui se prépare pour sa sérénade, voiture qui passe au loin, ou écho de voix d'autres pensionnaires, elle ne peut s'empêcher de sursauter, frissonner, se retourner, toujours sur ses gardes. Et s'il l'avait suivie ? Et s'il la retrouvait ? Et si elle avait fait tout ça pour rien ? Et si elle était condamnée à rester prisonnière de cet homme jusqu'à ce qu'il finisse par la tuer ?

Les questions se bousculent dans sa tête. Toutefois, Carole essaie de les ignorer – elle le doit. Car il est réellement impensable pour elle de faire marche arrière.

30

Alice

— Je savais que tu ne serais pas d'accord. Mais une journée c'est déjà bien, non ? Et Gaspard est vraiment prêt à m'aider… Qui est Gaspard ? Bah c'est Hubert… Ce serait trop long à t'expliquer. Apparemment, il ne porte pas le même prénom tous les jours. Un pour chez lui, et un pour le travail. Mais passons.

Tout en s'adressant à Lucien, Alice retire les petits amas de mousse verte qui se sont installés au fil du temps sur la pierre en marbre, et qu'elle n'avait pas remarqués la dernière fois qu'elle est venue. Il fait beau aujourd'hui, mais la pluie incessante de ces derniers jours a sans doute accentué le phénomène de reproduction de ces végétaux disgracieux – du moins pour Alice. Elle souhaite que le caveau soit toujours impeccable – et peut-être aussi, le plus beau et le mieux entretenu de tout le cimetière. Son Lucien mérite bien cela.

— Qu'est-ce que tu attends de moi au juste ?... Une semaine minimum ?... Et toute seule ?... Pour réfléchir, c'est mieux ? Je n'en suis pas si sûre, mon Lucien.

Alice n'aura pas le dernier mot. Elle ne l'a jamais eu. Elle n'insiste donc pas davantage. Probablement qu'au fond, elle sait qu'elle en a besoin. Besoin de s'évader, de se retrouver seule – même si c'est déjà le cas. Mais la solution se trouve hors de ces murs qu'elle connaît par cœur et qui lui rappellent à chaque seconde, à chaque visage familier, croisé dans les couloirs ou devant les boites aux lettres, ce passé qui la fait tant souffrir. Elle doit passer à autre chose, changer – ou du moins redevenir celle qu'elle était. Et pour cela, Lucien a raison, elle doit partir.

— J'ai acheté une tablette tu sais, comme tu me l'as conseillé. C'est comme un ordinateur mais sans touche pour écrire. Il suffit de taper sur l'écran, c'est magique. Je crois que ça m'amuse en réalité tous ces trucs de jeunes. Je te promets qu'en rentrant, je vais voguer sur l'Internet et... Oui, voguer. C'est ce que Gaspard a dit... Naviguer ?... C'est pareil, ne fait pas ton jaloux parce que j'emploie des mots à la mode... Donc en rentrant, je vais na-vi-guer sur l'Internet pour tenter de trouver une destination séduisante. Rien que d'y penser, je suis tout excitée, je dois le reconnaître. C'était une idée de génie mon Lucien. Et tu penses à un endroit en particulier, toi ? ... L'Ariège ? ... Mais qu'est-ce que j'irais faire en Ariège ?

31

Bordeaux

L'alarme de son portable émet un bip saccadé. Mais cette fois-ci, ce n'est pas pour aller récurer des toilettes, passer l'aspirateur, changer des draps sales, supporter des clients mécontents et surtout outrageusement exigeants. Non. Pas ce coup-ci.

Alba part en vacances.

Huit jours tout entiers, loin de son minuscule T2, loin de Cléo, loin de ses habitudes. Là, elle a envie de simplicité, d'authenticité et surtout de solitude. Elle se redresse et est surprise de constater que son dos ne la fait presque plus souffrir – à croire que d'avoir balancé ses quatre vérités à Cléo, et d'avoir quelque peu assouvi son besoin de riposte, l'a libérée d'un poids. D'un mal qui la rongeait petit à petit.

Le réveil est donc moins pénible et beaucoup plus rapide. Alba est de bonne humeur et compte bien profiter de ce début de matinée, à fond.

Pour la première fois depuis longtemps, Alba prépare un copieux petit-déjeuner qui lui rappelle ses racines : pain grillé avec tomate, huile d'olive et jambon, suivi d'une tortilla nature et d'un grand verre de jus de fruits frais – acheté chez Habib la veille.

Plus que rassasiée, Alba prend une rapide douche vivifiante – froide, donc – puis termine de remplir sa valise. Seul un point reste à cocher sur la check-list préparée il y a quelques jours, afin de ne rien oublier : LAISSER UN MOT SUR LE FRIGO.

C'est chose faite.

Son avion décolle dans plus de deux heures trente. Alba devra, avant tout, se coltiner plus de trente minutes de tramway jusqu'à l'aéroport Bordeaux-Mérignac, puis, après un vol de une heure et dix minutes, elle atterrira à l'aéroport Lyon-Saint-Exupéry où l'attendra une navette pour rejoindre la gare TGV jusqu'à Montélimar, cinquante-trois minutes plus tard. Enfin, un nouveau transfert sera assuré jusqu'à la gare routière et elle arrivera à destination trente-neuf minutes plus tard. Alba n'est pas paniquée à l'idée de passer les cinq prochaines heures dans les transports – comptant l'attente aux aéroports et les transferts. Les longs trajets, elle connait. Même pas peur !

```
Cléo. Je pars quelques jours. Au fait,
sans rancune. J'ai réussi à t'en
obtenir un flacon. Livraison prévue
début de semaine. Applique-le des
racines jusqu'aux pointes et laisse-le
poser au moins 30 minutes (tu n'aurais
de toute façon rien compris au mode
d'emploi, je me permets de te le
donner). Hasta luego ! (ça veut dire à
plus tard) Alba.
```

32

Un an et demi plus tôt

— Mamá, tu sais que j'ai toujours voulu vivre en France. Ici à Madrid, je sens que je n'aurai pas l'avenir que je souhaite au fond de moi.

— ¿ Pero cómo vas a sobrevivir en un país que no conoces ?[15]

— Je vais me débrouiller, mamá. Je me suis déjà renseignée et une famille m'attend dans quelques jours. Je serai jeune fille au pair.

— ¿ Por qué hablas de papá ?[16]

— Mamá, es un trabajo[17]. Je m'occuperai de la maison, des enfants, des courses. Je serai logée et nourrie en contrepartie. C'est un bon début pour me permettre de mettre de l'argent de côté. Même si le salaire n'est pas mirobolant, dans six mois, j'aurai de quoi payer une caution pour mon

---

[15] Mais comment tu vas faire pour survivre dans un pays que tu ne connais pas ?
[16] Pourquoi tu parles de papa ?
[17] Maman, c'est un travail.

propre appartement. Et ça me fera déjà une petite expérience.

— Alba, pronto cumplirás 21 años y no puedo impedirte que te vayas, así que ve hija mía, y ten cuidado.[18]

Quelques jours plus tard, c'est le cœur gros qu'Alba monte dans le train et quitte sa région natale pour rejoindre une ville dans le Sud-Ouest de la France.

Sa famille, ses amis, ses repères vont lui manquer mais Alba est sereine et confiante. L'inconnu ne l'a jamais effrayée.

Déjà, toute petite à l'école, alors que la majorité des enfants pleuraient et restaient agrippés aux bras de leurs parents, Alba, elle, profitait de toutes ces choses inédites qui s'offraient à elle : nouveaux murs, nouveaux visages, nouvelles odeurs, nouvelles voix et nouvelles habitudes. Absolument rien ne lui faisait peur. Très jeune, elle disait déjà vouloir quitter l'Espagne et découvrir d'autres pays. La France faisait partie de ses destinations favorites.

---

[18] Alba, tu auras bientôt 21 ans et je ne peux pas t'empêcher de partir, alors vas ma fille, et sois prudente.

Plus tard, elle fit des études de commerce. Alba parle plusieurs langues étrangères dont le portugais, l'anglais, le chinois et bien entendu le français. Une des langues les plus belles qui soit, selon elle.

Fatiguée par près de onze heures de trajet et trois changements, Alba descend enfin du train. Elle quitte le quai et s'arrête un instant dans le grand hall pour en admirer la structure : son haut plafond en verrière, ses murs en pierre et ses colonnes aux allures romaines. Depuis l'extérieur, elle peut observer un toit arrondi en palettes d'ardoise et une grande horloge qui marque l'axe de symétrie du bâtiment. Elle avance sur l'esplanade en pavés, descend quelques marches et longe une aire réservée aux taxis. Elle la traverse – son point de rendez-vous se situe de l'autre côté.

Alba vérifie l'heure sur son téléphone. Bientôt 22 h 00. Monsieur et Madame Durand (nom typiquement français se dit-elle), ne devraient plus tarder.

Soudain, une voix enfantine l'interpelle.

— Hola. C'est toi notre nouvelle nounou ?

Alba se retourne et découvre le visage poupin d'une petite fille qui ne doit pas dépasser les huit ou neuf ans. Son petit accent maladroit l'amuse mais elle salue l'effort.

— Sí. Je m'appelle Alba, et toi ?

— Me llamo, Lucie. Enchantée de te rencontrer. Tu es très belle.

— Gracias. Tu es très belle toi aussi et je suis ravie de faire ta connaissance.

— Lucie ! Je t'avais demandé de m'attendre. Tu as traversé sans regarder, tu seras punie en rentrant. Cent lignes minimum.

— Mais papa !

C'est peut-être un peu sévère de la punir pour cela, non ? Mais Alba ne dit rien. Elle ne doit pas se mêler de l'éducation des enfants. L'annonce était bien claire : assurer le ménage, la cuisine, le trajet jusqu'à l'école, le bain, le repas et l'histoire du soir. Point barre.

— Bonjour Mademoiselle, vous devez être Alba ? Enchanté, Arnaud Durand, le papa de Lucie. Mon épouse, Anne, et mon fils, Lucas, nous attendent à la maison. Lucie a insisté pour venir avec moi. Cette petite chipie sait se montrer convaincante quand elle veut.

Le nouveau patron d'Alba garde un instant sa main dans la sienne, puis lui adresse un clin d'œil amical avant de l'inviter à le suivre. Sa voiture est stationnée quelques mètres plus loin.

33

Lille

Le moral abîmé, Carole monte dans le taxi. Pendant le trajet pluvieux, elle regarde par la vitre, et les gouttes de pluie qui coulent le long de la paroi, lui donnent la triste impression que c'est elle qui verse toute cette eau.

Plus le choix de renoncer de toute façon. Elle a pris sa décision. La bonne décision.

Son portable émet un bref son. Elle vient de recevoir un texto. Peut-être le centième depuis le début de la semaine.

Pardonne-moi mon amour, je t'en supplie. Je vais me faire soigner, je te le promets. T'es où ? Reviens ! Je suis perdu sans toi. Je t'aime.

Tous les précédents – aussi mielleux et hypocrites – sont restés sans réponse. Carole hésite à mettre fin à cette comédie ridicule et lui envoyer un « laisse-moi tranquille, je ne reviendrai jamais », mais elle se résigne et clique une nouvelle fois sur « supprimer ». Son portable toujours entre les mains, elle sélectionne un nom dans son répertoire et lance un appel.

— Bonjour François.

— Carole ? Tout va bien ? La directrice du foyer m'a dit que vous aviez mis les voiles tôt ce matin, je…

— Inutile de vous inquiéter. Je vais bien. Je suis dans un taxi.

— Carole, ne me dites pas que…

— Je ne rentre pas à la maison, non. Ne vous inquiétez plus pour moi, d'accord ? Je pars quelques jours, seule. Enfin, avec Whisky.

— Je suis fier de vous. Bravo ! Si vous avez besoin de moi, n'hésitez pas, vous le savez.

Carole marque une courte pause, puis reprend :

— J'aurais peut-être besoin de vous en effet. Mais pas tout de suite. J'ai laissé une enveloppe à votre attention à l'accueil du foyer, mais je voudrais que vous attendiez que je sois bien arrivée avant de l'ouvrir, vous êtes d'accord ?

— Vous pouvez compter sur moi. J'attendrai votre feu vert alors. Partez tranquille et s'il vous plaît, ne revenez que lorsque vous serez certaine de le vouloir. Ou plutôt, de le pouvoir.

— Merci pour tout, François. Je vous dis à bientôt et surtout, continuez de garder un œil sur toutes ces âmes meurtries qui ignorent encore qu'un ange vieille sur elles.

L'arrêt minute de la gare Lille-Europe est bondé malgré l'heure très matinale. Un TGV partira dans plus d'une heure direction l'aéroport Paris-Roissy-Charles-de-Gaulle. Un vol d'à peine plus d'une heure l'amènera jusqu'à l'aéroport Lyon-Saint-Exupéry, d'où une navette l'attendra pour rejoindre la gare du même nom. Cinquante-trois minutes plus tard, elle s'accordera une brève escale à Montélimar, puis un rapide transfert jusqu'à la gare routière, marquera la fin imminente de son voyage. Enfin, un dernier trajet de vingt-neuf minutes en bus, la séparera désormais de son lieu de villégiature.

34

Huit ans plus tôt

— Madame, je suis désolée, mais votre carte ne passe pas. Le paiement est rejeté.

Carole est embarrassée. Tout le monde la regarde et la file s'allonge de minute en minute. La caissière, qui la connaît bien, tente une nouvelle fois la transaction mais toujours le même résultat.

— Vous n'avez pas du tout d'espèces sur vous ? Ou un chèque peut-être ?

— Je n'ai que ma carte, je suis navrée. Vous pouvez mettre tout ça de côté ? Il faut que je passe un rapide coup de téléphone. Occupez-vous de la personne suivante, s'il vous plaît.

— Entendu.

— Je vous remercie.

Carole se met à l'écart et compose un numéro.

— C'est moi. Qu'est-ce que t'as fichu encore ? Je n'ai pas pu régler les courses et…

— Calme-toi !

— Que je me calme ? Tu plaisantes Alex, c'est pas toi qui viens de te taper la honte devant tout le supermarché ! Alors épargne-moi tes commentaires débiles et débrouille-toi pour m'apporter de l'espèce. Et tout de suite si tu veux bouffer ce soir !

Carole range les sacs de courses dans le coffre de sa voiture. Alex est assis à l'avant, tout penaud. Elle le rejoint quelques secondes plus tard.
— Carole, pardon.
— Tu avais promis d'arrêter. J'en ai marre, Alex. Tu penses à Rémi parfois, à nous, à la maison ?
— Carole, je ne contrôle pas mes pulsions, c'est…
— Et bien fais-toi aider Alex ! Je n'ai pas envie que notre fils assiste à la venue d'un huissier qui lui enlèverait tout ce qu'il a, tout ce que nous avons.
Le trajet jusqu'à la maison est silencieux. Carole lui en veut. Ce n'est pas la première fois que cela se produit. Trois longues années qu'elle entend ce même discours. Alex promet de changer, il essaie, il échoue.

Elle aimerait pourtant qu'il change.

Au-delà de sa conduite addictive, il est un bon père et un bon mari. Il s'occupe de la maison, il travaille. Mais depuis six mois, il a recommencé, et les répercussions sur sa famille, sa vie, sur tout, sont désastreuses.

Carole le croit quand il dit qu'il va arrêter. À chaque fois. Mais cela ne dure jamais plus de quelques semaines – bien trop insuffisant pour remettre les comptes à flot.

Les courriers de relance en tout genre s'accumulent sur la table du salon, et leurs économies disparaissent à petit feu. Les traites de la maison sont loin d'être remboursées. Carole gère tout, toute seule, depuis qu'Alex n'est plus vraiment là. Seul Rémi, leur fils de 19 ans, semble bien vivre la situation. Rien de surprenant, car sa mère a fait le choix de lui cacher la vérité : s'il a besoin d'un nouvel ordinateur, elle se saigne au boulot pour le lui offrir, s'il souhaite inviter sa petite amie au restaurant, elle l'aide comme elle peut. Rémi ne se rend compte de rien. En plus de ses études, il travaille dix heures par semaine – des petits boulots de livreur pour n'en citer qu'un. Il voudrait aider et participer au quotidien de la maison mais sa mère s'y oppose radicalement. Ce n'est pas aux enfants de pallier les erreurs de leurs parents. Elle lui donne une tout autre raison, bien entendu. Celle d'assurer son avenir à lui, avant tout.

Alors Rémi met de l'argent de côté. Carole veille au grain.

Une fois les courses déchargées et rangées dans les placards, Carole rompt le silence qui règne entre elle et son mari depuis qu'ils ont quitté le parking du supermarché. Elle se lance sans trop réfléchir :

— Je veux qu'on divorce, Alex. Je n'en peux plus. On a presque plus rien sur le compte, plus d'épargne non plus, et je n'ose même plus ouvrir la boite aux lettres de peur de recevoir une nouvelle mise en demeure. J'ai 40 ans et j'aspire aujourd'hui à une autre vie pour moi et notre fils.

— Carole, je t'en prie, tu ne peux pas…

— Je ne dors plus la nuit, Alex. J'ai peur chaque matin que quelqu'un frappe à la porte et nous enlève tout ce qu'on a. Que penserait Rémi de tout ça, de nous ? J'en peux plus d'être obligée de rester tous les soirs au boulot pour ramener plus d'argent à la maison, sans compter les heures à l'association. Et cet argent qui ne suffit même plus à combler toutes nos dettes. Je ne sais plus quoi faire...

Carole s'interrompt un court instant pour reprendre son souffle, puis ajoute :

— ... et ce qui m'attriste le plus, c'est que j'ai l'impression que tu ne fais aucun effort pour nous sauver.

— C'est faux. J'essaie, tu le vois bien.

— Tu ne vas plus au groupe de parole, tu ne vois plus ton psy, tu as tout lâché, Alex. Je veux que ça s'arrête.

— Carole, non. C'est la dernière fois, je te le jure. Je vais me ressaisir, c'est promis. Tiens, regarde...

Alex attrape son téléphone.

— ... je prends tout de suite rendez-vous avec mon spécialiste et j'irai au groupe de parole jeudi, je te le promets...

— Je suis désolée Alex, je n'arrive plus à te croire. Mes parents sont malades, ils ont besoin de moi. Je pars quelques jours pour les voir. Ça me permettra de faire le point. Et on verra si tu as tenu tes promesses à mon retour.

35

Paris

Le temps est à la grisaille, le soleil n'est même pas encore levé. Alice n'a pas fermé l'œil de sa courte nuit et elle se demande si elle n'est pas en train de faire une énorme bêtise.

Mais elle a fait une promesse et elle compte bien la tenir.

— Je n'ai jamais dit ça. Regarde, je suis sur le palier, l'ascenseur est à nouveau en état de marche et Gaspard m'attend en bas pour m'amener à l'aéroport. Mes billets en main et ma grosse valise pleine à ras-bord, j'aurais l'air fin de renoncer, tu ne crois pas mon Lucien ? Et surtout, je n'aurais pas la force de tout défaire, et le remboursement n'est même pas prévu dans mes garanties.

…

— Ah ! Je suis ravie que tu n'aies rien à ajouter, pour une fois. Souhaite-moi juste bonne chance, tu veux ? Je te raconterai à mon retour, c'est promis. Je t'aime mon Lucien.

La grille de l'ascenseur est lourde. Gaspard aperçoit Alice depuis le hall, qui semble avoir besoin d'aide. Il s'avance.

— Besoin de bras jeunes et musclés, chère Madame ?

— Ce n'est pas de refus. Ces vieux ascenseurs sont certes, authentiques et élégants, mais des portes automatiques seraient les bienvenues. J'en parlerai à la prochaine assemblée des copropriétaires.

Tous les deux rejoignent le trottoir où les attend la belle Audi de Gaspard. Ce dernier actionne l'ouverture du coffre, rien qu'en passant son pied sous le pare-chocs arrière. Il taquine Alice qu'il surprend en train de secouer la tête.

— Je sais ce que vous pensez.

— Et quoi donc ?

— Que plus les années passent et moins les gens en font. Je me trompe ?

— C'est vrai que de mon temps, il…

— Merci, Alice, épargnez-moi vos remarques et donnez-moi plutôt votre valise.

Gaspard grimace sous l'effort. Elle semblait toute légère lorsqu'il aperçut Alice qui la traînait par la anse rigide et dépliable. Elle semblait alors glisser aisément sur ses quatre petites roulettes. Or, elle pèse un âne mort.

— Je pensais que vous ne partiez que pour une semaine. Qu'est-ce que vous avez fichu là-dedans ? Et puis qu'est-ce que vous faites avec ça dans la main ? Alice, généralement dans ce genre d'endroit, tout est prévu, vous savez ?

Alice se révolte, comme à chaque taquinerie de son jeune – et seul – ami. De toute évidence, le second degré ne fait pas partie de ses qualités – si tant est que l'on puisse lui en reconnaître.

Elle se justifie donc, sèchement. La vieille dame ne peut accepter qu'un gosse lui parle sur ce ton.

— Concernant la valise, c'est parce que je ne savais pas quoi emporter. Dans ce coin paumé, je ne sais même pas s'il va faire chaud, froid ou encore humide. Par conséquent, mon p'tit Hubert…

Gaspard ne la reprend même plus.

— … j'ai pris tout ce qu'il fallait dans le cas où, en une semaine, j'aurais droit aux quatre saisons en même temps. Quant à ça, et loin de moi l'envie de vous contredire, mon cher, mais le site ne précisait rien du tout à ce sujet. Je pense donc qu'on n'est jamais trop prudent.

— Arrêtez votre cirque, vous n'allez pas vous trimballer avec ça ! Donnez-le-moi, je vais bien réussir à le faire rentrer là-dedans.

— Que nenni mon p'tit Hubert, tu vas l'écrabouiller, rends-le-moi tout de suite !

Gaspard est amusé. Alice est vraiment surprenante. Sous ses airs stricts et guindés, elle est attachante, et ses manies de vieille dame sont des plus surprenantes.

Le jeune homme n'insiste pas davantage et charge la lourde valise dans le coffre, qu'il refermera de la même manière qu'il l'a ouvert, non sans un petit coup d'œil taquin à sa passagère. Alice réagit à nouveau :

— Pathétique.

Gaspard rit franchement puis ouvre la portière et invite Alice à s'approcher. Elle est surprise mais s'avance malgré tout. Pour la première fois, Alice fera le trajet à l'avant, assise à côté de son chauffeur. Mais avant de grimper, elle lui adresse un regard délibérément provocateur, et range dans son sac le rouleau de papier toilette qu'elle tenait dans sa main.

36

Trois ans plus tôt

Enlacés comme deux adolescents amoureux, Lucien et Alice dansent une valse dans leur salon. Leurs pas sont plus hésitants que lorsqu'ils ont valsé ensemble pour la première fois, à l'occasion d'un bal populaire qui se tenait en ville l'été 1949.

Cinq ans auparavant, Paris n'était pas encore libérée, et une mesure à portée nationale fut prise par le régime de Vichy, interdisant les bals et tout regroupement en ville. Lucien, plus âgé qu'Alice, connut cette période et fit partie des jeunes qui transgressaient la règle. Malgré les années, il s'en vante encore.

— J'étais un délinquant à l'époque, tu sais ? Mais quelle joie de ne plus obéir à des règles, à des normes. Lorsque ma famille l'a appris, j'ai passé un sale quart d'heure. Mon père…

— T'a laissé nu sous l'eau froide pendant dix bonnes minutes, tu n'as rien mangé pendant deux jours, et ta mère a interdit aux domestiques de laver tes vêtements, et leur a même demandé de surveiller tes moindres faits et gestes pendant plus d'une semaine.

— Quelle mémoire !

— Disons qu'à force d'entendre la même histoire à chaque fois que l'on danse, donc chaque dimanche matin, j'ai fini par la connaître par cœur, mon chéri.

Lucien lui dépose un baiser sur la joue. Il faut qu'il s'assoit un instant. Son cœur fait des siennes en ce moment. Il n'a plus la même endurance qu'avant – à plus de 93 ans, ce n'est pas étonnant – malgré tout, il s'estime chanceux d'être arrivé jusque-là sans grosse difficulté. Et avec son Alice à ses côtés. Toujours.

Le vieux tourne disque joue encore la musique. Alice s'avance pour l'éteindre afin de permettre à son époux de se reposer, mais Lucien l'interrompt.

— Non, laisse. Baisse simplement le volume, si tu veux bien.

Alice s'exécute. Lucien reprend.

— En parlant de domestiques, nous pourrions peut-être embaucher quelqu'un pour nous aider au quotidien, qu'en penses-tu ?

— Ne crois pas que je gagate, mon Lucien, j'ai encore toute ma tête. Tu essaies toujours de me faire changer d'avis. Tu n'es quand même pas en train de faire semblant d'aller mal, j'espère ?...

Lucien sourit. Il ressent une grande fatigue en ce moment, c'est vrai, et chaque jour un peu plus, mais sur ce coup-ci, Alice n'a pas tort. Il en joue peut-être un peu dans l'espoir qu'enfin, elle finisse par admettre qu'une aide ne serait pas du luxe – un luxe qu'il peuvent se permettre d'ailleurs, et plutôt deux fois qu'une. Alice pourrait ne plus cuisiner, ne plus laver les sols, ne plus s'occuper des courses, ne plus changer les draps du lit, et tout cela en faisant semblant que tout va bien. Elle n'a jamais supporté que quelqu'un fasse les choses à sa place. Même son propre mari.

Lorsque les parents de Lucien sont morts et qu'il a hérité de cet appartement – et Alice aussi, de fait, puisqu'ils étaient mariés sous le régime de la communauté –, Alice a insisté pour que tout le personnel encore présent s'en aille. Elle pouvait gérer cela elle-même. Elle y est habituée depuis son plus jeune âge. La vie en pensionnat lui a forgé une aptitude naturelle à prendre les choses en main, sans faillir. Les religieuses étaient sévères et les consignes strictes. Chaque jour, les jeunes filles devaient ranger leurs affaires, faire leur lit au carré, laver leur propre vaisselle et leur propre linge. Cela représentait la normalité pour Alice – jusqu'à ce qu'elle en ait assez et qu'elle s'enfuit. Et même des années plus tard, partageant le quotidien d'un homme riche habitué à être servi, Alice n'a jamais vu les choses autrement.

— … et j'ai aussi toutes mes jambes, alors, tant que je le peux encore, c'est moi qui m'occupe de la maison. Je n'ai besoin de personne.

— Entendu. Je n'insiste pas davantage. Même une mule serait moins têtue que toi ! Je peux au moins descendre les poubelles du tri à ta place ?

— Je crois que c'est ton tour de toute façon. Mais attends de te sentir un peu mieux, d'accord ?

— Je vais bien, mon Alice, et je pense même prendre les escaliers pour te le prouver. Je t'aime, tu sais ?

— Pas autant que moi, gros bêta.

37

Gare Lyon-Saint-Exupéry

Il y a du monde sur le quai. Les voyageurs se bousculent. Pressés de retrouver leur famille ou de monter à leur tour dans leur train, ils ne remarquent même pas les autres personnes qui gravitent autour d'eux.

Quel triste individualisme.

Appuyée contre un des nombreux panneaux présents en bout de quai, et indiquant le plan des différentes lignes, Alba admire le spectacle qui se joue devant elle : des enfants qui crient et des parents agacés, des mendiants que personne ne veut voir, des pigeons qui picorent tout ce qu'ils trouvent, une vieille dame qui semble avoir emporter toute sa vie dans sa valise, et une autre, bien plus jeune, avec un grand sac sous le bras et un visage très maquillé – « Comme un camion volé » a-t-elle déjà entendu dire Cléo, mais elle ne sait pas vraiment s'il s'agit de cela.

Son train pour Montélimar ne partira que dans une trentaine de minutes. Toutefois, détestant monter à bord à la dernière minute, elle ne tardera pas à s'avancer jusqu'à l'endroit où devrait se trouver sa voiture – si elle se fie au plan qui lui sert de support depuis quelques minutes. Le TGV est peut-être déjà à quai, d'ailleurs.

Carole s'assoit et commande un café allongé. Elle déteste l'avion et son dernier vol lui a retourné l'estomac. De plus, un nourrisson lui a braillé dans les oreilles pendant tout le voyage.

Une pause s'impose.

Elle inspecte discrètement l'intérieur de son sac et félicite Whisky de ne s'être toujours pas fait remarquer. Depuis leur entrée dans la gare, le petit bichon reste bien caché, comme lui a demandé sa maîtresse – elle a complètement oublié de lui réserver un billet de train.

Le serveur lui apporte sa commande qu'elle règle aussitôt.

— Gardez la monnaie.

— Merci Madame, c'est très gentil.

Carole tente de refroidir sa boisson fumante en soufflant avec précaution au-dessus de sa tasse, puis jette un rapide coup d'œil sur son portable pour vérifier l'heure. C'est bon, elle dispose de trente minutes avant de repartir. Son voyage est bien entamé, elle a fait un peu plus de la moitié. Elle envoie un texto à François pour le tenir informé.

Bien arrivée à Lyon. Prochaine étape Montélimar. Je vous tiens au courant dès que je serai installée. Carole.

Alors qu'elle avale sa toute dernière gorgée, Carole assiste à une scène des plus ahurissantes et se dit que l'espèce humaine ne cessera jamais de la surprendre : une vieille dame, dont la valise semble peser une tonne et demie, est en train de s'en prendre à un pauvre gamin qui, sûrement excité par un éventuel départ en vacances, l'aurait bousculée – d'après les mots que Carole parvient à intercepter. Avec la force relative qu'on peut imaginer pour son âge, elle lui donne des coups de canne dans les jambes. Puis une autre femme, probablement la mère défendant sa progéniture, secoue violemment la grand-mère par le bras et lui hurle dessus.

Un spectacle stupéfiant.

Toute cette violence lui est insupportable, Carole décide alors d'intervenir.

— Mesdames, s'il vous plaît, arrêtez ça ! Lâchez-vous maintenant !

— Elle a frappé mon fils avec sa canne…

— Et vous, est-ce l'exemple que vous voulez lui donner ? Frapper à votre tour, et une vieille dame en plus !

Alice ne bronche pas. Bien qu'elle trouve que la jeune femme venue à sa rescousse soit bien trop maquillée, elle apprécie son intervention. Sans elle, elle aurait été contrainte de mettre un terme à ses vacances – la folle hystérique ne semblant pas disposée à la laisser tranquille, elle aurait probablement fini par louper son train.

Elle remercie donc brièvement sa sauveuse au teint terracotta, et elles se séparent quasiment aussitôt. Ce regrettable incident a compromis la petite pause dont elle avait tant envie, et Alice le regrette fortement. La dernière heure en avion l'a assommée, et par-dessus le marché, elle a oublié de mettre ses bas de contention avant le décollage. Ses jambes la font souffrir à présent. Au retour, elle ne manquera pas de les enfiler dès le matin pour être sûre de ne pas revivre la même galère.

C'est donc péniblement qu'elle rejoint le quai juste à temps, et grimpe dans la voiture numéro treize.

Par chance, Alice n'est pas superstitieuse.

38

Gare routière – Montélimar

Parmi les nombreuses personnes qui attendent le bus pour rejoindre le petit village d'Alba-la-Romaine, Alice reconnaît la femme qui l'a aidée sur le quai à Lyon. Elle hésite à s'avancer vers elle puis se résigne, face au comportement étrange de cette femme : la tête enfouie dans son sac depuis cinq minutes, elle parle toute seule et en plus ça gigote là-dedans. Alice se demande alors si elle n'entendrait pas des voix elle aussi, mais doute fortement que son potentiel défunt mari se trouve dans ce sac... ou alors il en manquerait un sacré morceau.

— Ah tiens ! Quand on parle du loup (Lucien vient de faire irruption dans son esprit). Quoi ? Évidemment que je l'ai remerciée, mais je n'ai nullement envie de taper la causette, elle semble déjà bien occupée de ce côté-là. Je vais bientôt monter dans mon bus et je ne la reverrai certainement jamais, alors à quoi bon copiner ?

Une jeune femme d'origine espagnole – si elle en croit son accent (elle est au téléphone) – lui lance des regards inquiets.

— Avez-vous un problème, Mademoiselle ? Dans votre pays, les vieilles dames ne parlent pas toutes seules ? Et vous…

Alice allait poursuivre quand Lucien intervient à nouveau, lui faisant gentiment remarquer qu'il lui reste encore du chemin à parcourir avant qu'il ne considère qu'elle a effectivement rempli sa mission : celle d'être enfin aimable avec les gens. Comme à son habitude, Alice bougonne puis finit par se taire, et adresse même un léger sourire à la jeune femme qui lui rend aussitôt.

— Peu tolérante envers les personnes âgées mais pas rancunière elle non plus ! Comme Chang, tu te souviens ?... Bon, bon, d'accord, je me tais.

— Sí, mamá. Tout s'est bien passé. Plus qu'un trajet d'une demi-heure en bus, et je serai arrivée.

Pendant la conversation, l'attention d'Alba est attirée par une vieille dame, assise sur un banc un peu plus loin, et qui parle toute seule. Elle la reconnaît aussitôt. Il s'agit de la vieille dame avec la grosse valise qu'elle a remarquée à la gare à Lyon.

Quelle sacrée coïncidence tout de même.

Mince, elle l'a vue ! Et elle n'a pas franchement l'air d'apprécier être espionnée de la sorte. Alba pensait pourtant avoir été discrète. La grand-mère lui balance une remarque puis s'interrompt soudainement, comme si quelqu'un venait de lui mettre une main sur la bouche.

Alba lui rend aimablement le petit sourire qu'elle lui adresse malgré tout (serait-elle bipolaire cette petite dame ?), puis tourne la tête et reprend la discussion avec sa mère, comme si de rien n'était. Cette dernière, tellement bavarde, ne s'est même pas aperçue que sa fille n'était plus tout à fait concentrée sur ce qu'elle lui racontait.

Carole vient de recevoir un message de François. Il disparaîtrait presque parmi la dizaine de textos envoyés par Serge et auxquels elle n'a pas répondu. Elle continue de les ignorer sans même les lire. Systématiquement.

Pardon pour la réponse tardive.
Bon courage pour la fin du voyage. J'attends votre message. À très vite.

> Arrivée à la gare routière de Montélimar.
> J'attends le bus pour rejoindre le chalet.
> **Tout va bien pour nous deux.**

Carole a tout juste le temps de ranger son téléphone dans la poche de sa veste, que la foule s'agglutine devant les portes du bus. Si chacun a son billet, il y aura forcément une place assise pour tout le monde, alors pourquoi toute cette agitation ?

N'appréciant guère se sentir bousculée, elle s'écarte légèrement, et laisse les plus impatients déposer tout leur attirail dans les grandes soutes, puis grimper dans le bus.

Au bout de quelques minutes, face à l'amoncellement de valises, sac à dos et autres bagages, Carole ignore comment elle va s'y prendre pour faire entrer le sien. Elle est donc contrainte d'interpeler le chauffeur pour qu'il use de ses gros bras et ainsi tasser – pour ne pas dire écraser – son sac de voyage.

Une fois assise, et redoutant l'état dans lequel elle retrouvera ses affaires, Carole ferme les yeux un instant, fatiguée par le voyage. Whisky sort enfin le museau du sac pour respirer un peu d'air frais.

39

Alba

Alba-la-Romaine.

Lorsque j'ai vu le nom de ce joli village de l'Ariège dans la liste des suggestions, ce fut pour moi une évidence. C'est là-bas que je devais aller.

Pour être au calme, je pense qu'il n'y a pas mieux. Néanmoins, les activités ne semblent pas manquer, si j'en crois la page d'accueil de l'office de tourisme que j'ai sous les yeux : sites archéologiques, nombreux domaines viticoles et dégustations, randonnées pédestres ou à vélo.

Au calme, oui, mais je ne vais pas m'ennuyer.

Je me suis endormie dans le bus. Et devinez où j'étais assise ? Derrière le chauffeur ? Eh bien non, pas cette fois. La place était déjà prise par la vieille dame souffrant de dédoublement de la personnalité, et celle toujours au premier rang de l'autre côté du couloir, était occupée par la femme qui a volé un camion. Quand je me suis approchée pour m'assoir sur le siège libre à côté d'elle, elle m'a répondu, le regard baissé, qu'il était réservé. Je n'ai pas insisté et j'ai continué de longer les rangées jusqu'à la huitième (je les ai comptées), où un homme d'une quarantaine d'années, s'est gentiment décalé pour me laisser m'installer. Je ne sais pas s'il rejoignait quelqu'un, mais il était manifestement tombé dans sa bouteille de parfum. J'ai suffoqué jusqu'au terminus. Quand j'y repense, je ne me suis peut-être pas endormie, c'est certainement sa fragrance entêtante qui m'a asphyxiée.

Trajet fatigant donc. Pourtant, c'était le plus rapide de tout ce long périple – et peut-être aussi celui de trop. J'avais hâte d'arriver enfin.

Le bus est à l'arrêt. Je me lève et suis le mouvement pour éviter de me retrouver coincée – et par la même occasion, empêcher mon voisin de sortir lui aussi. Je suis surprise par le nombre de personnes qui descendent à Alba. Je pensais qu'il y aurait des escales, et qu'au fur et à mesure des arrêts, le bus désemplirait. Il n'en fut rien. Le trajet depuis Montélimar était direct et je l'ignorais.

Ce village pittoresque cache peut-être plus de trésors que je ne l'avais imaginé.

Le bras levé, je hèle un taxi.

En voilà un. Quoi ? Je suis certaine qu'il m'a vue mais j'ignore pour quelle raison, il passe devant moi sans s'arrêter, et se gare un peu plus loin pour prendre un autre client. Quel toupet ! Qu'est-ce que cette personne a de plus que moi pour qu'il m'ignore à ce point ? Elle était en train de secouer des biftons pour l'amadouer ou quoi ? Il fait nuit et je ne distingue pas grand-chose, mais il y a tout de même des personnes qui se permettent tout et n'importe quoi.

Tant pis. Je prendrai le suivant, et celui-là aura droit à un pourboire pour la peine.

40

Carole

— C'est bien Whisky. Tu as été très sage, je suis fière de toi. Encore un petit effort et tu auras une friandise.

Je tombe de fatigue. Le voyage depuis Lille fut éreintant mais ça valait le coup, et je suis fière d'y être arrivée. Il fait nuit à présent, et les phares aveuglants des taxis et autres véhicules qui attendent de récupérer leurs prochains passagers, m'empêchent de découvrir plus précisément l'endroit. Mais j'imagine qu'une gare reste une gare. À Alba ou ailleurs.

Néanmoins, dès que j'ai posé un pied hors de ce bus, j'ai ressenti un bien-être immédiat. Du calme et de la sérénité aussi. Quelque chose d'indescriptible qui me pousse à croire que j'ai fait le bon choix.

En attendant qu'un taxi veuille bien s'arrêter pour m'emmener sur mon lieu de vacances, j'envoie un texto à François, comme promis.

Bonsoir François. Nous sommes bien arrivés à Alba. Étonnamment, il y a du monde ici ! Vous y croyez ?

François répond aussitôt. Il devait de toute évidence attendre impatiemment, son portable entre les mains, de recevoir de mes nouvelles.

Zut ! Vous qui vouliez être seule, c'est raté. Tous ces gens ne logent pas dans votre chalet, au moins ?

Arrêtez vos bêtises, vous allez me porter la poisse ! Sinon, avez-vous récupéré l'enveloppe ?

Oui, je l'ai.

Vous l'avez ouverte ?

Elle n'était pas cachetée, mais je n'ai pas regardé ce qu'il y avait à l'intérieur, si c'était votre question.

Je vous fais confiance. Vous pouvez regarder ce qui s'y trouve. Ainsi vous saurez ce que j'attends de vous.

41

Alice

J'ai du mal à déchiffrer les lettres sur le bâtiment. Pourtant elles sont énormes, mais la nuit et l'absence d'éclairage ne me rendent pas la tâche aisée.

ALBA-RUINES-ROMAINES.

Des ruines ?

— Mon Lucien, il faut qu'on parle. Qu'est-ce que c'est que cette histoire ? Comment ça, tu n'y es pour rien ? Bah voyons. C'est bien toi qui m'a conseillé cette bourgade qui, soit dit en passant, ne doit pas compter plus de cinquante êtres vivants dont trente-sept vaches et quinze moutons... Quoi, le compte n'est pas bon ? Peu importe, tu m'auras comprise, passons.

Je suis énervée contre mon époux. Je n'aime pas ressentir cela envers lui mais dans le cas présent, je lui en veux. Qu'est-ce que je suis venue faire ici ?

Et pourquoi m'y a-t-il envoyée ?

J'ai vraiment besoin de me poser à présent, il est tard, je suis épuisée et mes jambes ont probablement disparues car je ne les sens plus.

Il me faut un taxi. Nous sommes nombreux à en attendre un, et j'ose imaginer qu'une vieille dame qui boite en traînant une valise plus grosse qu'elle, en éprouvera plus d'un et obtiendra donc l'avantage. Ainsi, j'échapperai à tout ce chahut bien plus vite que tous les autres.

En voilà justement un qui s'approche. Voyons voir si ma prédiction est… Sapristi ! Une jeune femme vient de lever le bras, et à tous les coups, il va préférer une jeune et jolie passagère plutôt qu'une moche et fripée, et ce sera loupé pour cette fois. Je devrais alors attendre le suivant.

Je ne tiendrai bientôt plus sur mes jambes, je tente alors quelque chose que je maitrise à la perfection : feindre de me sentir mal (et sur le bord d'une route à la nuit tombée, cela donne encore plus de panache à la situation).

Alléluia ! Je suis navrée ma p'tite mais celui-là est pour moi. Honneur aux aînés fûtés.

Je suis parvenue tant bien que mal à m'assoir sur la banquette arrière, et je me surprends à penser à Hubert d'un seul coup.

Je crois bien qu'il me manque ce grand dadais.

Le chauffeur, jusque-là silencieux, me voit me dandiner sur sa banquette en cuir qui me fait transpirer du popotin. Quelle idée franchement ?

Il se retourne légèrement et me demande :

— Tout va bien, Madame ?

— Si vous pouviez regarder devant vous, je ne voudrais pas que nous percutions un sanglier ou je ne sais quoi d'autres. Je n'ai pas envie de mourir ce soir.

Sans un mot, il tourne la tête et regarde droit devant lui, comme je lui ai si gentiment demandé. Je suis rassurée.

— Mais où est ce fichu machin ?

— Pardon ?

— Ce n'est pas à vous que je parle !

Non mais ! Ce n'est pas parce qu'il a eu pitié de moi tout à l'heure, que je dois me sentir obligée de faire la conversation, n'est-ce pas ?

Hubert a insisté l'autre jour, quand j'ai acheté mon ordinateur sans clavier, pour que je prenne aussi un téléphone sans fil. Un portable. Et celui-ci a des touches. Nous l'avons trouvé dans un dépôt-vente, il est petit et pratique, et surtout, mon Hubert m'a dit qu'il était collector.

Je me prends pour une jeune fille avec mon nouveau jouet. C'est donc avec l'élégance et la dextérité d'un poulpe (ne me demandez pas pourquoi, c'est le premier animal qui m'est venu à l'esprit), que j'attrape mon appareil et clique sur la touche numéro un. Hubert l'a bidouillé et m'a dit que ce serait plus simple ainsi pour le contacter. Un raccourci, a-t-il dit. J'appuie donc.

Des bips retentissent.

— Allô ? Allô ? Alice, c'est vous ? Je vous entends de très loin.

— Je vous entends mal moi aussi. Et je ne sais comment tenir ce machin. Il glisse et il ne tient pas sur mon oreille. C'est pénible.

— Alice ?

— Oui ?

— Retournez le téléphone.

— Pardon ?

— Vous devez possiblement le tenir à l'envers. Retournez-le.

— Allô ?

— Ah ! Voilà qui est mieux. Je vous ai pourtant montré la dernière fois et vous vous étiez entraînée. C'est pas grave. Comment allez-vous ? Le voyage n'a pas été trop long ? Et Alba-la-Romaine alors, c'est comment ? Et il y a du monde ou pas ? Le trajet n'a pas été trop dur ?

— Hey, je vais te répondre, calme-toi. Mais avant, dis-moi pourquoi tu es tout excité comme ça ? Je doute que ce soit le seul fait d'entendre ma douce voix qui te mette dans un état pareil. Alors ?

— Alice, il est revenu !

— Quoi ? Qui est revenu ?

— Je suis si content, si vous saviez…

— Hop, hop, hop ! C'est ton caleçon moche qui est revenu ? Enfin, celui qui critiquait tes caleçons ? Celui-là ?

— Oui celui-là. Il s'est excusé et il m'a dit que je lui manquais.

— …

— Alice ? Vous êtes toujours là ?

— Monsieur, vous savez s'il y a un tunnel pas loin d'ici ? Si vous pouviez tomber en panne en-dessous, cela m'arrangerait.

Le chauffeur continue d'avancer. Il me toise du regard dans son rétroviseur et ne réagit pas. Il peut toujours courir pour avoir un centime de plus celui-là. Sur le grand écran du tableau de bord – comme dans la voiture d'Hubert – je distingue le petit point rouge clignotant qui symbolise notre point d'arrivée. Nous sommes donc très proches.

— Alice ? Le coup du tunnel c'est démodé. Et pourquoi vous faites la sourde oreille comme ça ? Vous n'êtes pas contente pour moi ?

— Je suis contente pour toi.

— C'est tout ?

— C'est déjà pas mal.

— Vous êtes jalouse ma parole ?

— Absolument pas. Qu'est-ce que tu vas t'imaginer ?

— Je ne vous crois pas du tout.

— C'est n'importe quoi.

— Dites-moi, c'est encore permis de bouder à votre âge ?

— Je ne boude pas. Je suis sincèrement heureuse pour toi. C'est juste que…

— Je ne vous laisserai pas tomber, Alice. Vous êtes mon rayon de soleil et j'ai besoin de vous. Sinon qui me cuisinera de bons petits plats en sauce et paiera grassement mes courses du dimanche matin ?

— Tu me le promets ?

— Je vous le promets.

Nous nous sommes dit au revoir au moment où le chauffeur de taxi s'est raclé bruyamment la gorge, pour me signifier que nous étions arrivés à destination et qu'il fallait à présent régler la course.

Les mots d'Hubert résonnent encore dans mon esprit. Je voudrais demander à mon Lucien ce qu'il en pense, mais il se fait plutôt discret depuis que je l'ai remis un peu à sa place tout à l'heure. Je m'en veux. Je lui demanderai pardon la prochaine fois qu'il se manifestera.

Hubert m'a redonné un peu d'énergie et j'en profite pour m'extirper de la voiture. Le chauffeur s'échappe sans même m'adresser un aurevoir.

À cet instant précis, je me demande bien ce que je suis venue faire ici, et même ce que j'espère trouver dans ce trou perdu et sans âme.

42

```
Chalet des Quatre saisons.
Suivez le chemin de terre jusqu'au
grand pin.
Porte rouge.
3B.
```

C'est bien ici.

En revanche, le chemin de terre ne me dit rien qui vaille. Mes petites semelles compensées ne supporteront jamais un sol instable. Je n'ai pas envie de me fracturer le col du fémur à peine arrivée.

Je suis prudente jusqu'au bout. Je contourne donc le grand arbre qui dévoile enfin la mignonne cabane. La façade est éclairée et j'aperçois la fameuse porte rouge. L'ensemble est très élégant, je suis agréablement surprise.

Soudain, j'entends des pas derrière moi. D'après ce que j'ai pu observer pendant le trajet, les autres habitations se trouvent en contrebas, à quelques centaines de mètres de là où je me situe.

Ça y est, je panique. Je suffoque. Je regrette déjà de m'être moquée des vaches, des sangliers et des moutons. Ils m'ont probablement entendue et ils m'ont suivie pour se venger. Je n'ai que la peau sur les os, elles seraient bien déçues, les pauvres bêtes.

Les pas se rapprochent.

Puis des voix fendent le silence du soir. Même ici, je doute que les animaux soient dotés de cordes vocales, alors j'en arrive rapidement à la conclusion que je suis suivie par des êtres humains. Quelle horreur ! Je crois que j'aurais préféré les vaches.

J'essaie de courir, mais à peine trois mètres plus loin, j'ai déjà perdu la moitié d'un de mes vieux poumons. Je renonce, tant pis, c'est ici que je vais finir mes jours, sans même avoir pu entrer dans cet endroit à l'allure coquette qui, ma foi, me paraissait fort sympathique.

43

— Il doit certainement s'agir d'une erreur. J'ai réservé ce chalet pour moi et mon chien, et il était bien indiqué qu'il était disponible cette semaine.

— Es lo mismo para mi. No entiendo qué pudo haber pasado.[19]

— Je vous reconnais toutes les deux. Vous me suivez, c'est ça ? Si c'est mon argent que vous voulez, vous pouvez toujours courir.

— Nous courrons probablement plus vite que vous, si l'on en croit vos prouesses de tout à l'heure.

— Vous, le pot de peinture, je ne vous ai pas demandé votre avis. Bon, qui devons-nous contacter à cette heure-ci pour avoir le fin mot de cette histoire ?

— À mon avis, je…

---

[19] C'est la même chose pour moi. Je ne comprends pas ce qui a pu se passer.

— Laissons tomber, voulez-vous. Tout cela va être vite réglé. Madame ? Oui, vous avec le caniche. Vous avez probablement raison, il s'agit sûrement d'une erreur. Vous êtes certaines toutes les deux d'être à la bonne adresse ?

— 3B chemin des Quatre saisons.

— Eh bien, ils ne se sont pas trop fatigués pour trouver le nom du chalet ceux-là !

Alba et Carole rient. Alice aurait bien envie de se joindre à elles – l'épuisement qui l'envahit tout entière lui ferait faire n'importe quoi – mais elle se retient et poursuit.

— Et le code ?

— Pour la porte ?

— Oui pour la porte. Vous l'avez aussi ?

— 3144.

— Bien. Mesdames, j'ai bien peur que nous devions passer la nuit ici, toutes les trois. Aucune de vous deux n'est une tueuse en série ou une spécialiste des vols à l'arraché ?

— Vous savez, j'ai fait des choses dont je ne suis pas très fière, mais rien de tout ça, rassurez-vous, précise Alba dans un français impeccable.

— Vous parlez français ? Parfait, je ne maitrise pas l'espagnol et j'ai aucune envie de faire l'effort.

Alice tape le code une première fois. La porte ne s'ouvre pas. Carole propose son aide mais la vieille dame se montre récalcitrante.

— J'ai peut-être le double de votre âge, mais j'y vois encore très bien. Laissez-moi faire, je vous prie.

— Vous avez tapé deux fois sur le 3, c'est…

— Bon, allez-y si vous pensez faire mieux que moi, Madame je sais tout !

Carole s'exécute et un bip retentit aussitôt. Alice ne relève pas et jette son bras en avant pour poser sa main en premier sur la poignée.

Elles entrent. L'intérieur est très mignon comme le laissait présager l'extérieur. Après un court instant de flottement, Alice prend la parole.

— Mesdames, je déplore autant que vous la situation, et je vous garantis que le responsable de cette mascarade va comprendre de quel bois je me chauffe, demain à la première heure. En attendant, nous allons devoir partager le chalet pour cette nuit.

— Pour ma part, ça ne me pose aucun problème. Vous m'avez l'air plutôt sympa.

— Ah bon ?

— Oui, et en plus j'adore les chiens. Et pour votre gouverne, chère Madame (là, elle s'adresse à Alice), ce n'est pas un caniche mais un bichon maltais.

Carole est amusée. On croirait assister à une scène du Muppet Show.

— Bien. Si vous le dites. Pardonnez-moi d'avoir confondu. Courts sur pattes et ébouriffés, ils se ressemblent tous.

— Excuses acceptées. Je propose qu'on reprenne tout depuis le début. Je m'appelle Carole et voici Whisky.

— Quel drôle de nom pour un chien.

— Ce n'est pas moi qui l'ai choisi.

— Alors pourquoi…

— Enchantée. Me llamo Alba. Et vous ?

— Ne vous gênez surtout pas et coupez-moi impunément la parole, jeune fille !

Les deux femmes la regardent, interloquées.

Alice ne rajoute rien. Elle les scrute de la tête aux pieds. L'expression qu'elles affichent dégage quelque chose d'agréable, de sincère même, et Alice se dit qu'elle aurait pu plus mal tomber. Elle prend alors sur elle et essaie de se montrer aimable. Après tout, c'est juste pour une nuit.

— Je m'appelle Alice. Alice Delacour.

— Et est-ce qu'Alice tout court, suffira pour le temps qu'on passera ensemble ?

— Comme vous voulez.

— Alors, nous sommes vraiment enchantées, Alice.

« Pour le temps qu'on passera ensemble ». La doyenne des lieux sent le malaise arriver tout à coup. Les deux intruses, certes sympathiques mais manifestement beaucoup moins troublées par les évènements, discutent entre elles et commencent à prendre possession des lieux.

Alice devrait-elle y voir une opportunité ? Celle de côtoyer des inconnues, et ainsi entamer sa thérapie vers une nouvelle version d'elle-même ?

Non. Impossible. C'est au-dessus de ses forces.

44

— Vous êtes certain de ne rien pouvoir faire ?
— Certain. Et j'en suis désolé, croyez-moi.
— Pas autant que moi, croyez-moi aussi ! J'aimerais simplement savoir comment cela a bien pu se produire ?
— Les joies de l'informatique, ma p'tite dame.
Alice a déjà raccroché. Une permanence était assurée pour les urgences et elle a estimé qu'il en s'agissait d'une. Son interlocuteur n'a pas dû comprendre ce qui lui arrivait.
Elle peste à voix haute en faisant les cent pas dans la petite pièce.
— Saligaud ! Pauv' type ! Je lui en foutrais des joies de l'informatique, moi.
— Qu'est-ce qu'il vous a dit ?
— Il n'y a rien à faire malheureusement. Nous sommes condamnées à cohabiter pendant huit jours.
— Condamnées ? Vous y allez un peu fort.

Embarrassées, les trois femmes se regardent dans le blanc des yeux pendant de longues minutes. C'est une nouvelle fois Alice qui rompt le silence.

— Sachez que si je suis ici, c'est parce que j'ai promis à mon époux de changer et être un peu plus aimable avec les gens, en revanche, je ne pensais pas devoir partager ma semaine avec deux inconnues. C'est un peu trop pour moi. Je pense que je vais aller tenir compagnie aux moutons que j'ai vus en arrivant… Ou que j'ai cru voir, je ne sais plus trop… Je…

— Vous allez attraper froid dehors, voyons Alice, soyez raisonnable. Mais si vous insistez, on vous laissera toutes les couvertures qu'on trouvera, n'est-ce pas Alba ?

— Oui, et on vous apportera une boisson chaude toutes les demi-heures pour voir comment vous allez.

— Ou pour surveiller si je respire encore. Je suis plus robuste que vous semblez le croire, mes chères, et vous n'allez pas vous débarrasser de ma vieille peau comme ça. Pour la peine, je reste ici, et c'est moi qui prends la chambre avec le grand lit douillet que j'ai vu sur les photos.

— Et pourquoi ce serait vous qui l'auriez ?

— Parce que je suis la plus âgée et que vous me devez le respect. Et cela commence par me laisser le plus grand lit. Et puis c'est moi qui suis arrivée ici la première, de toute façon.

— C'est faux, nous sommes arrivées toutes les trois en même temps.

— Certes, mais c'est moi qui ai ouvert la porte.

— Et c'est moi qui ai tapé le code !

— ¡ Basta ! C'est d'accord. Alice, prenez le grand lit, et vous Carole, la deuxième chambre. Je dormirai sur le canapé.

— Mais non, on va bien trouver une solution.

— Carole, ne vous inquiétez pas pour moi, je suis habituée.

45

Un an plus tôt

Alba s'affaire en cuisine. La maison des Durand est incroyable. En plein cœur de la ville bordelaise, jamais on ne se douterait que derrière cette façade sans aucun attrait, se cache en réalité une merveille architecturale : de grands volumes, une piscine intérieure, une cour entièrement végétalisée et même une balançoire dans chacune des chambres des enfants.

— Ça fait combien de temps que tu travailles chez nous déjà, Alba ?

Distraite, Alba sursaute lorsque la maîtresse de maison entre dans la cuisine.

— Oh ! Anne, c'est vous ? Vous m'avez fait peur.

— Tu sembles à fleur de peau en ce moment, tout va bien ? Ta famille te manque, c'est ça ?

— Mes parents me manquent oui, mais je vais bien, ne vous en faites pas pour moi.

— Alors ? Combien de temps ? Je n'arrive pas à me rendre compte.

— Ça fera six mois la semaine prochaine.

— Ah ! C'est beaucoup et peu à la fois. J'ai l'impression que tu as toujours fait partie de la famille, les enfants et Arnaud t'apprécient vraiment beaucoup et tu nous es d'une aide précieuse. Merci Alba.

— Je vous en prie.

— Albaaa !

— Lucie, Alba est occupée. Qu'est-ce qu'il y a ? Et dépêche-toi ma puce s'il te plaît, je vais bientôt partir au travail.

— Rien, maman. C'est Alba que je veux.

Anne hausse légèrement les épaules et lance un regard impuissant et chargé de gratitude à Alba, qui sourit et arrête instantanément de nettoyer la vaisselle du petit-déjeuner, pour rejoindre Lucie à l'étage (elle se doute que c'est de là qu'elle l'a appelée).

Anne enfile sa veste, prend les clés de sa voiture dans le vide-poches de l'entrée, et avant de s'échapper, s'adresse une dernière fois à Alba, en train de gravir les marches du grand escalier en colimaçon, réalisé par un architecte de renom.

— Merci Alba, à ce soir. Arnaud termine le travail plus tôt, ne m'attendez pas pour dîner. Je dois assister à une réunion qui risque de se terminer tard.

Sans aucune réaction, Alba poursuit son ascension. Lucie insiste.

— Albaaa !

— Je suis là, jovencita[20] ! Où est ton frère ? Il n'est toujours pas levé ? Et pourquoi tu pleures ?

— Lucas ne veut pas sortir de la salle de bain, et j'ai besoin de me préparer.

Voyant l'heure qui tourne et craignant d'arriver en retard à l'école (CE1 pour Lucie et CM2 pour Lucas), Alba frappe doucement à la porte pour presser le jeune garçon, qui semble disposé à vouloir embêter sa petite sœur depuis deux ou trois matins.

— J'ai pas terminé, laisse-moi tranquille ! lance la voix derrière la porte.

Puis l'eau de la douche se met à couler.

— Lucas, je sais que tu as déjà pris ta douche, tu veux bien sortir et laisser la place à ta sœur, s'il te plaît ?

---

[20] Jeune-fille (plus affectueux que chica)

Silence.

— Lucas ?

Le bruit de l'eau s'arrête et le verrou de la porte émet un son franc et sec. Les cheveux encore mouillés, le garçon sort de la pièce sans adresser une parole ni un regard à Alba et Lucie.

La petite fille en revanche, se dresse sur la pointe des pieds et dépose un baiser sur la joue d'Alba en guise de remerciement. Elle se précipite dans la salle de bain puis referme la porte.

Toc. Toc. Toc.

— ¿ Puedo entrar, joven ?[21]

— Ouais.

Alba entre dans la chambre de Lucas qui s'est habillé à la vitesse de l'éclair – si on en croit le résultat plutôt débraillé, mais il paraît que c'est à la mode.

— Pourquoi tu embêtes ta sœur ?

— Parce que je ne l'aime pas !

— Pourquoi tu dis ça ?

— Papa et maman n'en ont que pour elle. Et moi, j'ai l'impression de ne plus exister. Alors, je ne l'aime pas.

---

[21] Je peux entrer, jeune homme ? (plus affectueux que chico)

— Lo entiendo[22], mais Lucie n'y est pour rien. Et tes parents non plus. Souvent, lorsqu'un deuxième enfant arrive dans une famille, l'aîné se sent mis à l'écart parce que l'autre demande plus d'attention, mais cela ne veut pas dire que tes parents se moquent de toi ou qu'ils t'aiment moins que ta sœur. Et puis ils pensent peut-être que c'est toi qui n'as plus besoin d'eux parce que tu grandis. Tu as déjà pensé à ça ?

— Tu as des enfants, Alba ?

— Non, pas encore.

— Alors, comment tu peux savoir tout ça ?

— Quand ma petite sœur est venue au monde, j'ai ressenti exactement la même chose que toi, et je la rendais responsable du comportement plus distant de mes parents envers moi. Aujourd'hui, elle n'est plus là, et tu sais, je donnerais tout pour qu'elle revienne, même si parfois je pensais, moi aussi, que je ne l'aimais pas. Tu promets de faire un effort ? Tu es le grand frère et par conséquent tu es aussi un modèle pour ta petite sœur, alors essaie de lui montrer le meilleur exemple possible, d'accord ?

---

[22] Je comprends

Déposer Lucie et Lucas à l'école, récupérer les courses commandées la veille par Anne chez l'épicier bio, passer chez la couturière régler les dernières retouches de la robe de mariée, valider avec le traiteur les amuse-bouches au saumon et aneth (pâte à choux plutôt que pâte feuilletée), étendre la machine qu'elle a lancée avant de partir ce matin, préparer le repas du midi pour la pause déjeuner des enfants (ils ne mangent pas à la cantine car on ne sert pas du bio), ramener les enfant pour 13 h 40, s'occuper du ménage du rez-de-chaussée (le mardi c'est le rez-de-chaussée), enlever, laver et changer les draps des enfants (tous les deux jours à cause de leurs allergies), récupérer les enfants à 16 h 30, accompagner Lucie à son court de danse à 17 h 15 pendant que Lucas assiste à son cours de piano à la maison.

Cela fait pourtant plusieurs mois qu'Alba travaille pour cette famille, néanmoins elle se demande si elle s'y habituera un jour.

L'avantage est qu'elle n'a pas le temps de s'ennuyer.

L'heure du repas approche, tout est prêt. Alba termine de dresser le couvert. Les enfants sont en pyjamas, les devoirs sont faits. Arnaud entre dans la maison, et comme chaque soir, il est heureux de retrouver un intérieur propre et calme, une bonne odeur de cuisine et le plaisir d'embrasser ses enfants et leur demander comment s'est passée leur journée. Il a toujours un petit mot gentil pour Alba aussi, car il n'ignore pas qu'une grande partie de ce qu'il apprécie en rentrant, il le lui doit.

Pendant le dîner, la jeune femme est restée silencieuse, ce qui sera passé totalement inaperçu grâce à toutes les choses que Lucie avait à raconter. Une vraie pipelette.

21 h 00. Anne n'est toujours pas rentrée et les enfants sont couchés.

Alba se sent mal à l'aise tout à coup. Elle redoutait que cette situation se renouvelle. Elle veut croire que c'est elle qui fabule, qu'elle se fait des idées depuis quelques jours, mais alors qu'elle se trouve face à l'évier pour terminer le nettoyage, une main confiante enlace sa taille. Son sang se glace. Le corps chaud d'Arnaud se retrouve une nouvelle fois collé contre le sien.

46

Huit ans plus tôt

— Maman, qu'est-ce que tu as dit à papa ? Il est dans un état pitoyable depuis que tu es partie chez papi et mamie.

— Mon chéri, je promets de tout t'expliquer quand je rentrerai. Je dois rester encore un peu auprès d'eux, ils ne sont pas très en forme.

— Vous allez divorcer, c'est ça ?

— Euh, je… je ne sais pas encore mon grand, écoute…

— Comment ça, tu ne sais pas encore ? Maman, je ne suis plus un gamin, je peux tout entendre.

— Rémi, je t'expliquerai tout à mon retour d'accord ? En attendant prend soin de toi et de ton père. Il est là ?

— Il est probablement à la maison, je ne suis pas avec lui. Je suis avec Sophie.

— Sophie ?

— Ma petite amie depuis un mois, maman !

— Oui, bien sûr, pardonne-moi et envoie-lui le bonjour de ma part.

— Ok. Et maman ?

— Oui ?

— Tu peux appeler papa s'il te plaît ? Il est vraiment mal.

— Promis.

Carole compose le numéro pour la deuxième fois. Sa première tentative fut vaine. Alex ne répond pas.

Elle réessaiera un peu plus tard. Elle doit régler d'urgence les affaires de ses parents : il y a trois mois, ils sont tombés malades, tous les deux en même temps. Une bactérie sortie d'on ne sait où et attrapée on ne sait comment. Ils ont testé tous les traitements possibles mais aucun ne parvient à les guérir. Carole est très inquiète. Leur état empire de jour en jour et les médecins sont de moins en moins confiants.

Ses parents ont insisté pour que « tout » soit réglé dans le cas où ils viendraient à partir rapidement. Ce qui semble se profiler et qu'ils redoutent, tous les trois. Carole a tout d'abord refusé d'aborder ce sujet, craignant de titiller le mauvais sort d'un peu trop près, mais face à la détermination de ses parents, et pensant aussi à sa propre situation, elle se résigna et accepta de signer tout ce qu'il fallait : notaire, pompes funèbres et tout le tralala d'usage. Carole se sent mal à l'aise avec toutes ces démarches qui selon elle pouvaient attendre, mais tellement de gens se retrouvent embêtés parce que justement ils n'ont rien fait, alors l'anticipation peut s'avérer parfois utile. Elle sent ses parents sereins face à ce qui pourrait leur arriver, et au fond d'elle, cela la rassure aussi un peu.

— Alex, c'est encore moi. C'est le troisième message que je te laisse. J'espère que tu vas bien. Ton fils s'inquiète. Si tu ne veux pas me parler, je comprends, mais passe-lui au moins un petit coup de fil pour le rassurer. Merci. Je rentre bientôt. On pourra reparler de tout ça.

Chéri, je n'arrive à joindre ton père. Je lui ai demandé de t'appeler. Ou si tu as un moment, passe à la maison. Je rentre dans deux jours. Plutôt en fin de journée, il faut que je fasse un détour par l'association pour voir si tout le monde va bien. Je t'embrasse.

Pas de souci, maman. À mercredi alors. J'irai voir papa dans la soirée s'il ne m'a pas contacté avant. Bises à tous les trois.

Quelques minutes plus tard, Carole reçoit un nouveau message de Rémi qui se veut rassurant.

Papa va bien. Il vient de m'envoyer un texto. Bye.

Sur le trajet du retour, Carole repense à ses parents et à toute la paperasse qu'ils auront été contraints de signer pour que les choses soient en ordre – pour reprendre les propos de son père. Elle est vraiment inquiète pour eux, et même s'ils n'ont jamais été très proches tous les trois, elle reste leur fille unique et ils restent ses parents. Ce séjour auprès d'eux, bien que morbide et peu réjouissant, la réconforte : elle a pris la bonne décision et au bon moment. Car elle ignore en effet quand est-ce qu'elle pourra y retourner.

À présent, elle a ses propres problèmes à régler. Il lui reste un petit quart d'heure de route avant de rejoindre l'association. Elle envoie un rapide texto à Alex et Rémi pour leur confirmer son arrivée à la maison en fin d'après-midi. Elle redoute le face à face avec son mari, mais cela est plus que nécessaire. Ils ont besoin de reparler de ce qui s'est passé avant son départ. Carole n'a pas envie de le quitter, contrairement à ce qu'elle lui a dit sur le coup de la colère, craignant réellement pour leur avenir à tous les deux, à tous les trois.

J'arrive à l'asso dans 15 minutes. Je ne resterai pas longtemps. Je serai à la maison vers 17 h. Bises

Comme d'habitude Rémi est le premier à répondre. Et il ne s'étale pas.

Ok.

Pendant son absence, ses collègues bénévoles furent débordés – une recrudescence de situations difficiles qu'ils durent gérer à demi-effectifs. Le long compte-rendu la retarda, et elle arriva à la maison une heure trente plus tard que prévu.

Rejoignant sa voiture, elle consulte son portable : dix appels manqués de Rémi. Elle s'inquiète aussitôt et tente de le rappeler. Il ne décroche pas. Il se passe quelque chose, ce n'est pas normal. Elle accélère, prochaine rue à droite, le feu est vert, elle accélère encore jusqu'au dernier virage.

Elle gare enfin la voiture à la hâte, elle se retrouve presque en travers de la route. Carole s'en aperçoit mais ne prend pas le temps de la déplacer. Elle ne gêne pas les autres automobilistes, ça attendra.

L'angoisse qui l'envahit rend sa foulée incertaine, elle manque de tomber en trébuchant sur la petite marche en pavés. Elle se rattrape in extrémis sur le petit muret qui sépare sa propriété de celle du voisin. Elle continue sa course le long de l'allée, et elle ne sait pour quelle raison, s'interrompt un court instant. Elle prend une grande inspiration puis appuie sur la poignée.

L'image qu'elle découvre en entrant la tétanise : son fils est assis par terre, en pleurs, une feuille de papier entre les mains, et il la regarde comme jamais il n'avait osé la regarder. Carole se souviendra jusqu'à la fin de sa vie, des premiers mots qu'il prononça ce jour-là : tout est de ta faute !

47

Trois ans plus tôt

Alice écoute sa voisine lui expliquer comment cela est arrivé. Elle n'entend pas, elle n'entend plus, elle ne voit plus, elle croit même qu'elle ne respire plus, tant la douleur qui lui oppresse la cage thoracique est intense. Son monde, ses repères, toute sa vie vient de s'écrouler.

Hagarde, Alice rejoint son appartement au premier étage, laissant derrière elle une page de sa vie qu'elle ne pensait pas tourner de sitôt.

Envahie par un sentiment de profonde tristesse, de vide incommensurable, et d'une colère qu'elle n'avait jamais ressentie auparavant, elle se fait la promesse de rendre la vie impossible à tous ceux qui ont encore la chance d'être deux. Une vengeance sournoise et injuste qu'elle compte pourtant mener d'une main de maître.

Fin d'appel.

Alice raccroche le combiné du vieux téléphone à cordon, et s'assoit sur le canapé. Le médecin des urgences vient de lui confirmer la triste nouvelle : Lucien n'a pas survécu à sa chute.

Alice a envie d'en finir. Elle ne pense qu'à ça, rejoindre son Lucien pour l'éternité. Vivre sans lui revient à mourir de toute façon.

L'armoire grand ouverte, Alice recherche sa robe bleue, celle avec les petits tournesols que son Lucien aimait tant – ce n'est pas du tout la saison, mais là où elle va, elle se plaît à croire qu'il fait toujours beau et doux.

Depuis trente bonnes minutes, elle entend taper et sonner à sa porte. Elle se doute que ses voisins souhaitent lui adresser des niaiseries et autres phrases surfaites qui, de toute façon, ne ramèneront pas son époux. À quoi bon leur accorder une quelconque attention ?

Tandis qu'elle s'allonge sur son lit, les draps encore parfaitement coincés sous le matelas, habillée comme elle le souhaitait et un tube de comprimés dans la main, une voix surgit dans son esprit.

— N'en veux pas à tous ces gens, mon Alice. Ne deviens pas le contraire de celle que tu es. Celle que je porterai à jamais dans mon cœur.

— Mon Lucien, c'est toi ?

— Qui t'appellerait « mon Alice » à part moi ?

— C'est vrai. Attends-moi, j'arrive.

— Surtout pas ! Tu aurais froid en plus là-bas, dans ta petite robe légère. Ne fais pas cette bêtise, promets-le moi. Et de mon côté, je promets de veiller sur toi et aussi peut-être, te ramener à la raison quand tu t'égareras un peu. Entendu ?

— Je ne sais pas, c'est tellement difficile.

— Arrête de t'apitoyer. Après tout c'est moi qui me gèle la couenne ici, toi tu as la chance d'être encore bien au chaud, alors profites-en. Tu as encore le temps pour me retrouver.

— Tu m'attendras ?

— Bien évidemment. Je suis certain qu'elles sont toutes détestables ici. Ah ! Et une dernière chose, mon Alice. Pourrais-tu récupérer tous les petits bouchons de bouteilles étalés un peu partout dans le hall ? Ça te fera un souvenir de moi !

— Et tu trouves cela amusant ?

— Absolument. Tu as toujours regretté de ne rien avoir à mettre dans les nombreuses jarres qui décorent l'appartement. C'est une idée comme une autre, tu ne trouves pas, mon Alice ?

48

— Ça sent divinement bon.

Tout en terminant de dresser les assiettes pour le petit-déjeuner, Alba répond à Carole, qu'elle découvre pour la première fois sans maquillage grossier. Elle se doute de ce dont il s'agit, et a la délicatesse de ne rien souligner.

— Bonjour Carole, bien dormi ?

— Ce serait plutôt à toi qu'il faudrait poser la question. Le canapé n'est pas trop inconfortable ?

— J'ai connu bien pire, rassure-toi, celui-ci est parfait avec un vrai matelas, en plus. Le vrai luxe.

Alba ne peut s'empêcher de regarder les nombreuses marques sur le visage, le cou et les bras nus de Carole. Elle s'en aperçoit.

— Il ne me fera plus aucun mal.

— Euh, je… Excuse-moi, je ne voulais pas être indiscrète. Mes yeux m'ont trahie. Mais hier, avec tout ton maquillage et tes vêtements, je n'avais rien remarqué, je…

— C'est pas grave, Alba. J'ai bien été obligée de le retirer, la poudre compacte commençait à me donner des allergies. Bon, on attend la vieille peau ou on commence sans elle ?

— La vieille peau finit ce qu'elle est en train de faire et elle va vous botter les fesses à toutes les deux. Vous allez voir, sales gamines !

La voix d'Alice jaillit soudainement des toilettes, dont la porte se situe juste à côté de la pièce principale. Alba et Carole rient et s'installent autour de la table.

— Vous avez gagné, Madame Delacour. Nous n'avons nullement envie de recevoir vos vieilles savates dans le derrière. Mais dépêchez-vous, le café va refroidir.

Le petit-déjeuner s'est déroulé en silence. Mais un silence respectueux malgré tout. Alice, elle aussi, a remarqué les anciennes blessures de Carole et n'a osé plaisanter, ou même user de son sarcasme habituel. Cela aurait été malvenu tout de même. Alice est une vieille carcasse aigrie et revêche qui n'aime pas grand monde, mais elle n'est aucunement cruelle ni sans cœur.

— Un véritable festin. Bravo Alba.

Alba remercie Carole d'un sourire et se tourne vers Alice, qui trempe sa tartine dégoulinante de confiture dans son bol de café au lait. Elle se sent observée et réagit.

— Qu'y a-t-il ?

— Un petit merci serait trop vous demander ?

— Je n'ai pas encore terminé, ma chère.

Alice attend volontairement quelques secondes avant de reprendre.

— C'était en effet délicieux, merci, Alba. Et si j'osais, je vous demanderais même la recette de vos machins ronds tout moelleux.

— Des pancakes.

— Si vous le dites. Tous ces mots anglosaxons me font dresser le peu de poils et de cheveux qui me restent.

— Ah, je vous ai vue !

— Pardon ?

— Vous venez de piquer le dernier dans l'assiette sans même demander ! ajoute Carole.

— Vous vous êtes toutes les deux liguées contre moi ou je me fais des idées ?

— Vous vous faites probablement des idées, Madame Delacour.

— Arrêtez avec vos Madame Delacour par-ci, Madame Delacour par-là. Vous me donnez l'impression d'être encore plus vieille que je ne le suis déjà. Appelez-moi Alice, comme tout le monde.

— Parce que vous fréquentez du monde vous ? Première nouvelle !

Carole donne un léger coup de coude à Alba pour qu'elle cesse ses provocations. Alice est ce qu'elle est, mais il y a quelque chose de touchant en elle que Carole ne peut expliquer. Elle prend la parole.

— Quel âge avez-vous Alice ?

— J'aurai 93 ans le mois prochain. Le même âge que mon Lucien quand il m'a quittée brutalement.

...

— Eh bien, ne faites pas ces têtes d'enterrement. Il est toujours auprès de moi. Bien que depuis que j'ai mis un pied dans ce gourbi, il ne s'est pas beaucoup manifesté. Hormis pour me demander si je vous avais remerciée, Carole, de m'avoir sauvée de l'autre hystérique à la gare de Lyon.

— C'était normal. Même si au fond, je ne cautionnais pas non plus vos coups de canne sur ce pauvre garçon. Et d'ailleurs, elle est où ?

— Qui ? La folle ?

— Non. Votre canne. Je ne me souviens pas si vous l'aviez hier soir devant la porte.

— Merde ! Oh, mille excuse pour ce juron qui est sorti tout seul. Crotte ! J'ai certainement dû l'oublier dans le taxi.

— Nous irons vous en acheter une toute neuve aujourd'hui, continue Alba, qui décide enfin de se montrer amicale et arrêter de jouer au petit jeu d'Alice qui, à elle seule, en vaut déjà trois.

— Que nenni, ma p'tite Alba. On va devoir se supporter pendant toute une semaine, alors à vos quatre bras, j'en trouverai bien un ou deux pour m'aider de temps en temps, n'est-ce-pas ?

— Comptez sur nous ! répondent en chœur les deux autres.

— Bon, Mesdames, allez vite vous habiller, j'ai prévu une super activité pour aujourd'hui.

Alba déborde d'énergie et compte bien profiter à fond de sa semaine de vacances. Seule ou à trois, peu importe. Si c'est l'occasion de se créer de beaux souvenirs, elle n'est pas contre.

— Mais quand as-tu eu le temps de prévoir tout ça, entre hier soir et maintenant ?

— Carole, il est plus de 09 h 30 !

— Je ne vois absolument pas le rapport.

— Alice, vous avez encore des choses à apprendre manifestement. Vous n'imaginez pas tout ce qu'on peut faire entre le crépuscule et l'aurore. Surtout quand on ne dort pas.

— Mais Alba, tu m'as assurée tout à l'heure que…

— Rien à voir avec le canapé, Carole. Un cauchemar m'a réveillée c'est tout et j'ai eu quelques difficultés à me rendormir. Et puis les puissants ronflements d'Alice ne m'y ont pas aidée non plus.

— Et qui vous dit qu'il s'agissait de moi ? C'était peut-être Whisky ? Et il est où d'ailleurs ? Ce chien ne cessera de m'étonner. Arriver à faire tout un trajet en train et en bus sans se faire remarquer, relève de l'exploit canin. Permettez-moi de vous féliciter Carole, pour l'éducation que vous lui avez donnée.

En parlant de Whisky, Carole intervient :

— Alba, les chiens sont autorisés là où tu nous emmènes ?

49

Alba

J'ai tout prévu : du transport à la réservation des places, du pique-nique pour le déjeuner aux sur-chaussures pour éviter de rapporter trop de boue au chalet à la fin de l'excursion, sans oublier une nouvelle canne pour Alice (je l'ai dégotée par hasard dans le petit garage attenant au chalet). Il est hors de question que Carole et moi jouions les tuteurs de vieilles plantes pendant une semaine.

Occupant chacune un siège de la petite navette dix places, qui se remplit au fur et à mesure du trajet, j'ai le sourire aux lèvres. C'est la première fois que je vais faire ça de toute ma vie. C'est excitant ! Carole et Alice, au contraire, affichent un air inquiet. Seul Whisky, assis bien droit sur les cuisses de sa maîtresse, semble être dans le même état que moi.

Je devine notre destination au loin, et tout à coup je suis prise de doute – ou peut-être de remords. Alice va-t-elle supporter ça ? Et si elle refusait d'y monter ? Ou que cela ne se passait pas comme prévu ? La journée serait donc loupée.

Je verrai bien. Les vacances, c'est fait pour s'amuser, alors, amusons-nous.

— Qu'est-ce qu'on fabrique au milieu de nulle part, Alba ?

— Voyons, Alice, ouvrez plus grand les yeux, nous ne sommes pas au milieu de nulle part mais en pleine nature. Et si vous regardez vraiment bien, vous verrez les montagnes, là-bas, sur votre gauche.

— Ne me dites pas que nous allons faire une randonnée pédestre ?

— Pas pédestre.

— Comment ça, pas pédestre ? À part sur mes pieds, je ne vois pas sur quoi je pourrais faire une … Oh ! Sapristi ! Ne me dites pas que je vais devoir grimper là-dessus ?

Au regard que me lance Carole, je comprends aussitôt qu'elle trouve la situation à la fois saugrenue et hilarante – alors même qu'Alice se trouve toujours sur la terre ferme.

— Mesdames, Messieurs, si vous voulez bien me suivre. Je vais vous présenter notre parcours ainsi que ceux qui vous accompagneront durant toute la randonnée. Ils sont déjà impatients de faire votre connaissance, annonce notre guide.

— Certainement pas autant que moi… réagit Alice, avec son sarcasme que je lui connais déjà bien. Elle est en train de changer de couleur.

Ou alors, elle devient rouge de rage à cause de moi ! Sauve qui peut ! Ah, non, c'est vrai, elle ne sait pas courir.

Je lui tends une paire de sur-chaussures bleu pétant, ainsi qu'à Carole qui tient Whisky dans ses bras, afin que nous puissions avancer vers le reste du groupe, sans trop se salir les chaussures. Alice semble très à cheval sur la propreté des sols, je ne voudrais pas m'attirer ses foudres.

Une dizaine de personnes, dont nous trois, s'apprêtent donc à vivre une expérience inédite dans les sentiers verts et vallonnés de l'Ariège.

50

Carole

Je félicite Alba pour cette chouette initiative. Franchement, j'adore l'idée. Surprenante, mais j'en suis sûre, très appréciable.

Notre guide a un physique improbable : une petite moustache guidon, de grands yeux verts malicieux, un béret bleu marine et une chemise à carreaux rouge et blanche. Son accent est assez marqué et ses phrases ont une mélodie montante et descendante assez agréable. L'homme doit être à peine plus jeune qu'Alice. J'exagère peut-être un peu, mais sa façon de rouler les « r » rappelle malgré tout celle de générations plus anciennes.

J'observe discrètement Alice et Alba.

Je ne les connais que depuis quelques heures seulement, mais je ressens déjà de l'affection pour ces deux femmes. Elles ont un truc en plus qui me fait me sentir bien et en sécurité. Ce qui ne m'était pas arrivé depuis très longtemps.

Alba s'avance vers moi.

— Tout va bien pour toi, Carole ?
— Impeccable.
— Tu ne m'en veux pas trop ?
— Non, absolument pas. En revanche, notre mamie rebelle ne semble pas être du même avis.

Un peu plus loin, Alice se débat avec son sac à main. En plus de tous les accessoires que nous devons porter, il fallait qu'elle s'encombre de son sac. Avec Alba, nous lui avions pourtant dit de le laisser dans la navette avec les autres – il ne risquait rien – mais non, elle a voulu à tout prix le prendre avec elle et voilà le résultat : tout est emmêlé et elle ne sait comment s'en dépêtrer. Et pour couronner le tout, Whisky joue avec la sangle en cuir et ne semble pas disposé à la lâcher, malgré toutes les tentatives d'éloignement d'Alice (à coups de canne, bien-sûr). Elle beugle tout ce qu'elle peut, et je dois l'avouer c'est plutôt amusant. Malgré tout, j'interviens sans tarder.

— Whisky ! Arrête ça et viens ici !

Nos montures sont à présent parées : tapis de selle, selle, croupière, sangle, rênes et clochettes pour la protection des sabots. Tout y est.

Alice a enfin rejoint le reste du groupe pour écouter les dernières recommandations de notre guide, et notamment celle de toujours se suivre, de rester les uns derrière les autres, afin d'éviter de s'égarer sur des terrains trop rocailleux ou trop escarpés. Notre parcours privilégie des chemins adaptés avec plusieurs points d'eau et d'ombre – bien que la température ne soit pas extrêmement élevée. Il rappelle également que des arrêts réguliers seront prévus pour le confort de tous. Humains comme animaux.

Alice est très concentrée, pendue à ses lèvres.

— Et pour finir, chers amis randonneurs, sachez qu'un âne peut marcher entre quinze et vingt-cinq kilomètres par jour, selon le relief et les charges, et il peut…

— Excusez-moi, cher Monsieur, êtes-vous en train de dire que notre périple comptera plus de vingt kilomètres ? Parce qu'il est hors de question que je reste assise plus d'une minute sur cette bestiole qui sent très fort le poney.

— C'est leur odeur naturelle, chère Madame, et ce ne sont pas des poneys, mais des ânes. Bon, nous allons à présent vous en affecter un à chacun et chacune. Et celui-ci sera parfait pour vous, croyez-moi chère Madame.

Affichant un air doublement renfrogné — il a une tête qui ne lui revient pas celui-là, avec ses grandes oreilles pleines de poils — Alice répond :

— Serait-il possible d'avoir plutôt le petit blanc là-bas, il a l'air plus calme et docile, et je…

— Du tout. Celui-ci est parfait pour vous, j'insiste.

Blasée, Alice attrape les rênes qu'il lui tend et patiente jusqu'à ce que chaque participant ait un compagnon de route.

51

Alice

J'ai déjà mal aux fesses.

Il n'y a pas plus inconfortable que la selle d'un canasson, surtout lorsqu'il s'agit de celle d'une bourrique, où l'espace dont vous disposez pour vous assoir est encore plus restreint.

Notre guide, lui, est à pied. Il supervise la randonnée depuis la terre ferme et je ne vais pas tarder à le rejoindre. Mais pour cela, il faudrait d'abord que je sache comment descendre de ce machin.

Nous avançons donc en file indienne. Je ferme la marche derrière Alba qui, elle-même, est précédée par Carole. Quant aux autres, je n'en ai que faire.

Je bougonne depuis que nous sommes parties du chalet, mais je dois reconnaître que l'endroit est magnifique. Je l'aurais apprécié encore davantage à bord d'une belle décapotable, cheveux au vent, aux côtés de mon Lucien. Si tant est qu'une voiture de ce type puisse accéder à ce genre de sentier. J'en doute, mais c'est permis de rêver.

Du coin de l'œil, je constate que l'ardéchois trouve un certain plaisir à rester auprès de moi. Il croit peut-être que je vais jouer les cavalières averties, et me lancer dans un galop déchaîné pour échapper à cette mascarade ? Je ne m'y risquerai pas, même si ce n'est pas l'envie qui m'en manque. Et je doute aussi que mon baudet soit capable de dépasser les deux kilomètres à l'heure. Je n'ai donc pas le choix de rester ici, à attendre que ce cirque prenne fin.

Parmi toutes les informations qu'il nous confie, sur l'histoire de sa région, le nom de la rivière que nous venons de traverser, ou encore, les anecdotes plutôt cocasses de lorsqu'il était gamin, et qu'un simple rondin de bois ou chemin abrupt lui rappelaient, il ajoute, avec un regard appuyé sur sa voisine de droite (moi) :

— Chaque animal porte une médaille autour de l'encolure. N'hésitez pas à y jeter un œil. Et si vous avez une demande à formuler, commencez votre phrase par le prénom qui y est inscrit, ils y répondent tous, vous verrez.

Personnellement, qu'il s'appelle Christophe, Marcelin ou encore Rantanplan, je n'en ai strictement rien à faire. Cet animal ne remontera pas dans mon estime pour autant, et quel que soit son prénom, il sentira toujours aussi mauvais.

Je fais donc mine de ne rien avoir entendu mais les grands yeux verts de « monsieur-je-n'ai-rien-d'autre-à-faire-que-rester-collé-à-la-vieille-dame-qui-râle-tout-le-temps », me déstabilisent et m'incitent à regarder malgré tout.

Alors je me penche légèrement vers l'avant et fais remonter le collier de manière à ce que la médaille se retrouve sur le dessus, et m'épargne ainsi une dégringolade, que ce cher guide ne cesserait d'évoquer jusqu'à la fin de l'excursion. Je ne lui ferai pas ce plaisir, et mes vieux os me remercient par avance.

La médaille est à l'envers, je la retourne et je lis.

Je n'y crois pas ! Ce n'est pas possible, il l'a fait exprès !

Mon expression ahurie semble le réjouir. Il décampe aussitôt, certainement fier de son petit coup-bas, et s'en va rejoindre les autres aventuriers en tête de file. Enfin tranquille.

— C'est ça, allez voir ailleurs si j'y suis ! Même un rémora serait moins collant que vous, ma parole !

Tout de même intriguée, j'attends qu'il se soit éloigné un peu plus et j'interroge Alba.

— Alba, comment s'appelle votre bourricot ?

— Vous n'allez pas le croire. Il était fait pour moi, je crois. Il s'appelle Flamenco. C'est dingue, non ?

— Dingue, en effet. Et celui de Carole ?

— Elle s'appelle Vodka. C'est une femelle. Il faut reconnaître que c'est hilarant et que la vie est quand même faite de sacrées coïncidences. Et le vôtre alors ?

J'hésite à en inventer un sur le champ mais tant pis, j'assume.

— Grincheux ! Et je vous interdis de faire un quelconque commentaire. Passez le message à Carole, vous voulez bien ? Et hormis le fait que nous allons assurément reparler de cette sortie une fois rentrées au chalet, si je n'ai pas décidé entre-temps de ne plus vous adresser la parole, je refuse que nous reparlions de cela. C'est clair ?

— J'ai tout entendu Alice, répond Carole, et c'est promis, nous n'en reparlerons pas.

— Croix de bois, croix de fer, ajoute Alba avec son accent chantant.

Je ne les crois pas une seule seconde.

52

Sur le trajet du retour, Alba et Carole n'ont cessé de rire. Cette journée était incroyablement drôle et dépaysante, l'activité était novatrice et divertissante, le guide sympathique et incollable sur l'histoire de sa région, le pique-nique délicieux, et les gens du centre équestre très accueillants.

Alice, quant à elle, n'a pas décroché un mot, et de retour au chalet elle boude toujours.

— Vous ne vous êtes vraiment pas amusée ? Même pas un tout petit peu ?

— Alba, qu'est-ce qu'il y a d'amusant selon vous, dans le fait de passer le reste de la semaine sans pouvoir s'assoir avec des courbatures dans tout le corps, des yeux de lapin albinos à cause du thon dans vos sandwichs, et une lancinante odeur d'écurie dans les narines ?

— Je ne savais pas que vous étiez allergique au thon. Alice, je vous demande pardon.

Alba semble réellement confuse. Certaines réactions allergiques peuvent être très graves, et elle ne s'en serait pas remise si elles avaient dû appeler les secours. Alice s'en rend compte et cela la met un peu mal à l'aise.

— Bon, bon, ça ne fait rien. Cela aurait pu être pire, heureusement j'ai juste les yeux qui pleurent et qui piquent. Encore une petite heure et tous les symptômes auront disparu. N'en parlons plus. Et puis, je…

Alice marque une courte pause. Ces mots sont-ils à ce point pénibles à prononcer ? Dans moins de sept jours, elle devra avoir rempli sa part du marché, elle doit se faire violence. Ce n'est pas si compliqué tout de même ! Si ?

— … je tiens aussi à vous remercier, Alba, pour cette sortie et l'organisation que cela vous a certainement demandé, et ce dès la première heure ce matin. Je sais que je ne suis pas la meilleure des compagnies…

— Vous croyez ?

— Laisse-la terminer Alba, j'ai comme l'impression que nous sommes en train de vivre un moment qui restera dans les annales.

— Suffit vous deux ! Vous êtes insupportables ma parole. Pour la peine, je me tais. J'ai dit ce que j'avais à dire. Je vais à présent dans la salle de bain. J'ai besoin de sentir le santal et la pivoine pour mon bien-être intérieur… Et pour le vôtre aussi, croyez-moi !

— On vous fait totalement confiance là-dessus, Madame Delacour.

53

— Je sais que la saison ne le justifie pas forcément, mais vous seriez d'accord pour faire un petit feu de cheminée ? J'ai toujours adoré entendre le crépitement des flammes.

— Si vous voulez Carole, mais ne comptez pas sur moi pour aller chercher du bois.

— C'est un poêle à granulés, Alice !

— Un poêle à quoi ?

— Laissez-tomber. Qu'est-ce que vous êtes en train de faire ?

— Vous êtes aveugle ma grande. Une partie de tennis de table, c'est évident !

Carole reconnaît que sa question était idiote, les aiguilles à tricoter et la pelote de laine parlaient d'elles-mêmes. Elle reformule.

— Je voulais dire, pour qui vous vous donnez autant de mal ? Vous avez commencé dans le bus, je vous ai vue.

— Oui, d'ailleurs cela m'a retourné l'estomac.

Alice continue ses points, silencieuse.

— Si vous n'avez pas envie de répondre à ma question, dites-le-moi, plutôt que de jouer les indifférentes.

— Ce n'est pas ça, excusez-moi.

— Attendez une minute ! Alba tu as entendu comme moi ?

Alba les rejoint à l'instant dans le salon avec leur collation pour ce soir. Elles mangeront assises sur le canapé, et devant un feu de cheminée donc.

— Il me semble en effet, que Madame Delacour vient de s'excuser. Quel gros progrès. Attention Alice, votre cher Lucien risquerait d'être surpris de la rapidité à laquelle vous aurez atteint votre objectif.

— Il vaut mieux entendre cela que d'être sourde, n'est-ce pas mon Lucien ?

Alice tend l'oreille. Rien.

Elle replonge alors dans son tricot, et le regard plein de tristesse qui s'en suit, rend les filles aussi affligées que la vieille dame semble l'être à ce moment précis. Lucien ne s'est toujours pas manifesté. Serait-il en train de douter d'elle, de sa capacité à redevenir elle-même ?

Est-ce pour cette raison qu'il ne lui répond plus ?

Ces deux derniers jours, les trois vacancières sont restées au calme. Alice ne pouvait plus mettre un pied devant l'autre de toute façon, et Alba et Carole ne se voyaient pas s'occuper à l'extérieur sans elle. Elle sont à trois dans cette galère (qui semble n'en être une que pour la plus âgée) et donc le mot d'ordre est : rester à trois.

De plus, leur relation semble s'apaiser un peu.

Elles ont découvert plusieurs spécialités culinaires proposées par un petit commerçant local, situé à deux rues du chalet – elles vont en faire profiter leur papilles ce soir –, et elles ont partagé quelques parties de jeux de société, laissés à disposition des locataires dans un placard. La plupart du temps, au bout de deux batailles et un tour de plateau de petits chevaux, tout le monde en avait assez. Alice n'aime pas perdre et Alba ne retient aucune règle, c'est agaçant. C'est Carole qui met systématiquement fin au supplice.

Depuis le début du séjour, Alba est la préposée aux courses, chaque matin et uniquement du bio. Et systématiquement, elle ne peut s'empêcher d'avoir une pensée pour Anne, Lucie et Lucas.

Ce soir, l'ambiance calme et tamisée rend tout de suite l'instant propice aux confidences. C'est Alba qui se lance la première. Mais avant même qu'elle n'ait prononcé un seul mot, son portable se met à sonner.

C'est Cléo. Alba se doute de la raison de son appel et hésite un instant à décrocher. Puis elle le fait, bien trop heureuse d'avoir sa réaction en direct.

— Allô ?

— Espèce de sale garce ! Je vais te faire la peau. T'es fière de toi ? Tu vas me le payer petite idiote de Conchita de mes deux ! Je te jure que tu n'as pas intérêt à remettre un pied ici, sinon, je te…

Alba tend le bras pour éviter à son oreille droite de perdre quelques dixièmes d'un seul coup. Carole et Alice sont intriguées par les cris qu'elles perçoivent à l'autre bout du fil. Alba laisse Cléo terminer et se contente d'un « sans rancune » avant de lui raccrocher au nez et de bloquer son numéro.

— C'est qui cette folle ?

Avant de répondre, Alba attrape son verre à pied et boit une grande gorgée de vin.

— La première fois qu'on s'est vues devant la porte, je vous ai avoué que j'avais fait des choses dont je n'étais pas très fière. En réalité, j'aimerais me confesser auprès de vous ce soir.

— Vous confesser ? Souhaitez-vous que nous appelions un prêtre plutôt ? Même si je doute fortement que l'Église prévoit des astreintes un soir de semaine.

Face au sérieux d'Alba, Carole se racle la gorge et Alice cesse aussitôt ses taquineries.

— Nous t'écoutons. Vas-y Alba.

— Merci Carole. Alors, la première, et c'est celle qui me ronge le plus : je pense avoir semer le doute dans l'esprit d'une femme que j'appréciais énormément, quant aux attitudes douteuses de son futur mari, et j'ai probablement fichu sa vie en l'air et celle de ses deux adorables enfants par la même occasion.

— Que s'est-il passé ?

— Une longue histoire que je vous raconterai peut-être un jour, si vous êtes sages. Je ne cesse d'y penser mais il faut que je passe à autre chose maintenant.

— En tout cas, je suis sûre que si tu as fait ce que tu as fait, c'est que la situation devait le mériter.

— C'est ce que je me dis pour me rassurer, Carole. Aujourd'hui, je n'ai aucune nouvelle et j'espère de tout cœur qu'ils vont bien.

— Et la seconde ? ajoute Alice.

— Curieusement, celle-ci me rend beaucoup moins triste. Je me suis vengée de mon horrible colocataire et vous en avez vécu les conséquences en direct tout à l'heure.

— Comment tu t'es vengée d'elle ?

— Avec l'aide de ma mère et d'un masque capillaire un peu spécial.

— C'est-à-dire ?

— Une crème dépilatoire. Et comme elle ne comprend absolument pas l'espagnol, je me suis chargée, avant de partir, de lui laisser toutes les instructions en français. Et j'en ai peut-être un peu rajouté. À l'heure qu'il est, la belle crinière de cette peste a certainement fichu le camp, ou du moins en grande partie, et le pire dans tout ça, c'est que je ne regrette rien.

— Comment s'appelle cette vipère ?

— Cléo.

Alice rit. Elle rit franchement. Jamais, depuis le premier jour où elles ont rencontré cette femme, Alba et Carole ne l'avaient entendue rire.

— Qu'est-ce qui vous fait rire comme ça ?

— Cléo la boule à zéro !

— Ma chère Alice, vous vous dévergondez et je dois admettre que c'est assez satisfaisant de vous entendre vous esclaffer de la sorte. Serait-ce finalement la présence d'une jeune espagnole écervelée et d'une quadragénaire un peu pommée, qui en serait la cause ? Carole, sans vouloir te vexer bien sûr.

— Tu as raison Alba. Alice, nous comptons sur vous pour poursuivre vos efforts. Ce petit air guilleret vous va à merveille. Ah, pardonnez-moi Mesdames, j'ai un appel à prendre. Et, pour ma part, je n'ai aucune crainte à avoir car je n'ai fait aucun coup bas à mon interlocuteur.

Carole s'éloigne et prend l'appel.

54

François sort à l'instant du commissariat.

L'agent de police qui l'a reçu a gardé tout le contenu de l'enveloppe, et encourage Madame Martel à passer au commissariat pour officialiser son dépôt de plainte. En effet, les nombreuses photos de blessures, ecchymoses et autres plaies sanglantes qu'elle a prises et précieusement conservées, ainsi que son témoignage écrit, incriminent son compagnon mais rien ne prouve qu'il en soit véritablement l'auteur.

L'agent a toutefois rassuré François en lui précisant que même sans dépôt de plainte officiel, le Parquet peut solliciter une enquête de police. Et au vu des éléments déjà en sa possession, il semblait dire que cela serait plus que probable.

Le gardien de la paix transmettait le dossier à son supérieur dès la fin de matinée.

Quelques jours plus tard

— Ça me fait plaisir de vous entendre.

— Moi aussi, Carole. Et comment se passe votre séjour ?

— Tout se passe bien. En seulement quelques jours, j'ai fait plus de choses que ces six derniers mois. Et vous n'allez pas le croire !

— De quoi parlez-vous ?

— Je ne suis pas seule au chalet. Je vous ai dit l'autre jour que vous alliez me porter la poisse avec vos remarques.

— Qu'est-ce qui s'est passé ?

— Une erreur informatique serait responsable de ça. Nous sommes trois à avoir réservé cette adresse la même semaine, et chacune de nous pensait qu'elle serait seule.

— Et alors ? Comment se passe cette cohabitation forcée ?

— Plutôt bien. Alba est une jeune femme vraiment agréable. Elle gère notre quotidien et nos sorties comme si elle avait fait ça toute sa vie. Quant à Alice, je ne me prononcerai pas, ignorant totalement comment je serai si j'ai la chance d'atteindre l'âge qu'elle a.

— Eh bien. Quelle surprise ! Tant mieux si tout se passe bien alors. Je suis ravi pour vous. Et je tenais à m'excuser de ne pas vous avoir appelée plus tôt. Beaucoup de travail. Mais rassurez-vous, j'ai fait ce que vous attendiez de moi.

— Ils vont l'arrêter ?

— Ça ne semble pas aussi simple. Je pense très sincèrement que votre dossier sera traité en priorité et qu'ils vont au moins l'interpeler pour l'interroger, et ainsi confronter votre témoignage et vos photos, à ce qu'il aura à dire pour sa défense. De nombreux documents établiront que vous viviez ensemble et ce sera sans aucun doute à lui de prouver que vous mentez, et non à vous de démontrer que vous dites la vérité.

— François, il faut absolument qu'il sorte de ma vie pour que je me sente enfin en sécurité. Je rejette tous ses appels, ne réponds à aucun de ses textos depuis des jours. Il doit être dans une rage folle. Si je rentre à la maison, il va me tuer.

— Je sais tout ça. Et vous ne rentrerez pas chez vous tant que Serge ne sera pas hors d'état de nuire, faites-moi confiance. Votre chambre au foyer est réservée, n'ayez crainte et profitez de la fin de vos vacances sans trop y penser, d'accord ?

— Je vais essayer, je vous le promets. Je n'aurais jamais eu le courage de me présenter au commissariat, alors je vous remercie à nouveau pour tout ce que vous faites pour moi.

— Vous me rappelez tant ma sœur. C'est tout à fait naturel pour moi de faire ça pour vous. C'est comme une manière de me racheter. Je ne cesserai jamais de me dire que je n'ai pas assez insisté pour qu'elle porte plainte, ou pire, que je n'ai pas su veiller sur elle convenablement.

De légers sanglots dans la voix, François s'interrompt un court instant, puis reprend.

— Et comment va Whisky ?

— Très bien. Constamment dans mes pattes mais ça ne me change pas de d'habitude. Heureusement que je l'ai auprès de moi. Notre relation m'est précieuse. Cet animal n'est même pas rancunier. Je lui fais faire n'importe quoi. Il y a deux jours, il gambadait aux côtés d'un âne prénommé Vodka.

55

Un an plus tôt

Alba est partagée entre l'envie de dire la vérité à Anne – ce qui la détruira probablement – ou la lui cacher, et dans ce cas c'est sa conscience qui en prendra un coup.

Mais de quelle vérité parle-t-on au juste ? Peut-être qu'Alba se fait des idées ? Arnaud ne l'a jamais véritablement touchée après tout ? Est-ce que tous ces rapprochements qu'il s'autorise uniquement lorsque sa femme n'est pas là, ne seraient pas tout simplement une marque d'affection ?

Non. Alba est convaincue qu'il y a quelque chose de malsain dans ses gestes, dans son souffle qu'elle sent sur sa peau lorsqu'il ose s'approcher d'un peu trop près. Anne épousera cet homme dans quelques mois et Alba doit au moins la mettre en garde. Elle n'a rien répété, rien préparé, elle ne sait même pas par quel bout commencer, ni même comment s'y prendre tout simplement.

« Bonjour Anne, permettez-moi de vous dire que votre futur époux est un être vicieux que ne peut s'empêcher de me reluquer et poser ses sales pattes sur moi quand vous n'êtes pas là. Méfiez-vous de lui. Êtes-vous vraiment certaine de vouloir l'épouser ? »

Pas de cette manière en tout cas.

Non. Il faudrait amener Anne à se poser elle-même la question : suis-je vraiment certaine de vouloir m'engager plus sérieusement avec cet homme ?

Mais comment ?

Alba doute à nouveau. Après tout, elle n'est entrée dans leur vie que depuis quelques mois, quelle légitimité a-t-elle ? De quel droit va-t-elle risquer de foutre en l'air tout ce que cette famille a déjà réussi à construire ?

Elle renonce.

Un bruit de serrure résonne dans l'entrée, la porte s'ouvre et la voix d'Anne surgit.

— Alba, quelle délicieuse odeur ! Que nous as-tu préparé pour ce soir ? J'espère au moins que les enfants t'ont aidée un peu.

— Bonjour Anne, votre journée s'est bien passée ? Je vous ai préparé une spécialité de mon pays. J'espère que cela ne vous dérange pas que j'aie dérogé au menu que vous aviez préparé. Mais ne vous inquiétez pas, je n'ai pris que des produits bio.

— Aucun problème. Je me demandais même quand est-ce que tu allais enfin prendre une initiative. Ce qui, pour ma part, est tout à fait acceptable, sache-le à l'avenir.

L'avenir ?

Alba se lance, sans trop réfléchir.

— En parlant d'avenir, il faudrait que je vous parle un instant, si vous avez quelques minutes à m'accorder avant que nous passions à table.

— Ce ton très solennel ne me dit rien qui vaille, mais bien sûr, je t'écoute.

Alba prend une grande inspiration et tarde à s'exprimer.

— Eh bien ? Que se passe-t-il ?

Anne s'est débarrassée de ses affaires et se dirige vers le salon. Alba la suit.

— Voilà, je ne sais pas de quelle manière vous annoncer ça, mais il faut que vous sachiez que...

— Mamaaan !

Lucie et Lucas entrent au même moment dans la pièce et interrompent ce qu'Alba était sur le point de dire. Elle se dit que c'est peut-être une bonne chose finalement.

— Bonsoir mes chéris, vous avez été sages ? Nous étions en train de discuter avec Alba, allez donc terminer de mettre la table. Oust !

Anne attend que les enfants se soient éloignés et poursuit.

— Excuse-moi, tu disais donc ?

— Je… je voulais vous dire que je ne vais pas pouvoir rester jusqu'au terme de mon contrat parce que je...

— Tu veux déjà nous quitter ? Tu n'es pas bien ici, avec nous ?

— Non, non, c'est pas ça. C'est juste que… j'ai trouvé un travail qui paye davantage. Mon expérience chez vous fut une vraie valeur ajoutée à ma candidature et…

— Ta candidature ? Tu ne m'avais pas dit que tu cherchais ailleurs ? Et depuis quand ?

— Seulement une dizaine de jours. Et je suis désolée de ne pas vous en avoir parlé plut tôt, je craignais que vous ne le preniez mal.

— Je ne le prends pas mal du tout, Alba. C'est sûr que j'aurais préféré que tu restes avec nous jusqu'au bout, mais si tu as trouvé une situation plus confortable pour toi, je ne peux que t'encourager à partir. Et tu es certaine qu'il n'y a que ce nouveau travail qui motive ton départ précipité ?

— Pourquoi vous me demandez ça ?

Son pouls s'accélère tout à coup.

— Je m'assure simplement qu'il n'y ait pas une autre raison ?

Alba ne sait plus quoi penser. Anne est-elle au courant ? Essaierait-elle de la tester ? Qu'est-ce qu'Arnaud a bien pu lui dire à son sujet, qui serait bien évidemment une pure invention de sa part pour tenter de retourner la situation en sa faveur ? Est-il réellement capable de ça ? Tout se mélange dans son esprit, elle est au bord du malaise et Anne s'en aperçoit. Elle s'efforce donc d'être plus explicite sur le fond de sa pensée.

— Alba, tout va bien, je te taquine. Je pensais que tu avais peut-être rencontré un jeune homme français et que c'est ce qui t'encourageait à vouloir ton indépendance, et un peu plus d'intimité aussi. Ce qui, si tel était le cas, serait tout à fait normal pour une jeune femme de ton âge.

Alba respire à nouveau et se détend du mieux qu'elle peut.

— Oh… Oui, bien sûr. Mais je n'ai rencontré personne, Anne.

— Ah ! Alors pardonne-moi d'avoir été trop indiscrète. Et quand est-ce que tu comptes nous quitter ? Laisse-moi au moins le temps de l'annoncer aux enfants et trouver une remplaçante par le biais de l'association, d'accord ?

— Bien entendu. J'ai visité un appartement hier matin après avoir déposé Lucie et Lucas à l'école. Une jeune femme recherchait une colocataire. Le logement est petit mais il me paraît pas mal, et le prix du loyer qu'elle m'a annoncé est dérisoire. Il y aurait une heure de transport pour rejoindre mon potentiel futur travail mais ça ne me dérange pas. Je devrais avoir une réponse rapidement, pour l'un et pour l'autre.

— Je suis contente pour toi. Et si nous avons pu t'aider à notre manière, j'en suis ravie. Tu l'as déjà annoncé à Arnaud ?

— Arnaud ?

— Oui, mon futur mari ! ricane Anne

— Oui bien sûr, j'étais distraite, pardonnez-moi. Non, je ne lui ai encore rien dit… Euh, Anne ?

— Oui.

— Je peux vous poser une question ?

— ¡ Claro que sí !²³

— Êtes-vous vraiment certaine de vouloir vous marier ?

C'est sorti sans réfléchir. Alba l'assume.

— Ça fait plus d'un an qu'on prépare ça, pourquoi je renoncerais maintenant ?

— Je sais pas. Il paraît que lorsque l'échéance approche, on est souvent pris de doute. C'est pour ça que je tenais à m'assurer que vous n'en ayez aucun.

— C'est très gentil de ta part mais tout va bien.

— Si vous le dites.

— Alba, pourquoi je parviens difficilement à comprendre ce que tu penses ? Y a-t-il quelque chose que tu ne me dis pas ?

— Je...

Non, elle ne peut pas, elle ne peut pas faire ça. Oh, et puis tant pis. Anne mérite de savoir.

— ... je m'excuse de vous demander ça, mais faites-vous confiance à Arnaud ? Je veux dire,

---

²³ Évidemment !

n'avez-vous jamais soupçonné quoi que ce soit le concernant ?

— Tu veux dire Arnaud et d'autres femmes ?

Dit de cette manière, Alba se rend compte qu'elle est allée trop loin.

— S'il vous plaît, oubliez ce que je viens de dire, c'était totalement ridicule et déplacé.

Anne et Alba sont toujours debout dans le grand salon. Anne s'assure que les enfants sont bien dans l'autre pièce avant de poursuivre. Elle baisse légèrement la voix.

— Arnaud m'a trompée une fois, avec une collègue de travail. Je lui ai pardonné. Et même si aujourd'hui la confiance n'est plus ce qu'elle était, j'ai fait le choix de continuer. Les enfants étaient petits à l'époque et je ne voulais pas leur infliger le désastre que peut représenter une séparation. Alors quoi qu'il ait pu faire auparavant, je vais épouser Arnaud car je ne peux imaginer ma vie et celle de mes enfants sans lui.

— Je vous demande pardon d'avoir remué un passé certainement très douloureux pour vous, Anne. Je comprends votre décision. Vous êtes une femme bien et je vous admire beaucoup, vous savez.

— Merci Alba. Et ne t'en fais pas, je sais ce que je fais, ok ? Bon, on va la goûter cette spécialité ? Arnaud ne devrait plus tarder.

Alba n'aura rien dit de plus, et Anne n'aura même pas cherché à savoir ce qui a bien pu la pousser à s'inquiéter de cela, maintenant.

56

— Carole, qu'est-ce qui se passe ? Tu n'as pas l'air d'aller bien. C'était qui au téléphone ?

— Un ami. Et, si, ça va.

Alice jette un rapide coup d'œil en direction de Carole qui vient d'entrer dans le salon, puis prend la parole tout en continuant son tricot.

— Permettez-moi d'en douter. L'air déconfit que vous affichez prouve le contraire.

Les mailles de couleur bleue ressemblent progressivement à une grande étoffe carrée. Elles manquent cruellement de régularité, mais voir sa création prendre forme semble ravir Alice, alors Alba et Carole s'abstiennent de tout commentaire désobligeant.

— Alice, Alba, puis-je moi aussi vous demander la permission de me confesser ? Je me sens étrangement en confiance avec vous et cela me soulagerait de vous confier une partie de mon histoire, si vous êtes d'accord.

— Bien sûr.

— Merci Alba. Alice, ça ne vous pose aucun problème non plus ?

— Je vous en prie. Toutefois, ne m'en voulez pas si je ne fais qu'écouter, ces points me donnent du fil à retordre et je me suis fixé comme objectif de l'avoir terminé avant la fin du séjour.

— Faites. Cela ne me dérange pas.

Carole s'installe sur le canapé et Whisky la rejoint aussitôt, se dandinant sur place pendant de longues secondes avant de trouver la meilleure position. Un petit rituel que Carole connaît par cœur et qui amuse les deux autres.

Carole se lance, et seul le léger crépitement qui émane du poêle leur tient compagnie.

— J'ai un fils. Il s'appelle Rémi et j'ignore totalement où il est aujourd'hui, et ce qu'il devient.

— Que s'est-il passé ?

— Il me rend responsable de la mort de son père.

Les deux autres restent attentives et respectueuses. Même Alice vient de poser ses aiguilles, et le sourire bienveillant qu'elle arbore invite Carole à poursuivre.

— Je n'ai jamais eu de chance avec les hommes. Mon mari, le père de mon fils, mis à part le fait de m'avoir donné le plus beau des cadeaux il y a vingt-sept ans, n'était pas l'homme le plus parfait. Il n'a jamais levé la main sur moi, pas une seule fois, ni même la voix d'ailleurs. Mais il était accro aux jeux, quels qu'ils soient : en ligne, au casino, à gratter. Il a dilapidé en un temps record l'ensemble de nos économies. Il y a huit ans, j'ai voulu faire une pause pour réfléchir à notre avenir, et surtout le faire réagir pour qu'il se reprenne en main, et sauve ce qui restait de nous. Lorsque je suis revenue, il venait de mettre fin à ses jours, et c'est notre fils qui l'a trouvé. Il avait sa lettre entre les mains lorsque j'ai pénétré dans la maison. Ce qu'il m'a dit ce jour-là me hante encore. Depuis, je ne l'ai revu qu'une seule fois. C'était il y a quelques mois, et lorsqu'il a compris que Serge n'était pas fait pour moi, il m'a craché à la figure que, de toute façon, je ne méritais que ça, après ce que j'avais fait. C'était très dur d'entendre ces mots de la bouche de son propre enfant. Il me manque beaucoup. Mais il a raison. J'aurais dû aider mon mari à s'en sortir au lieu de le quitter. Cela m'aurait évité d'être manipulée par la brute qui partage ma vie aujourd'hui, et qui est la principale raison de ma fuite. Lui est accro à l'alcool, et la seule chose de bien qu'il m'a permis d'avoir, est Whisky. Son nom vous étonne un peu moins à présent, Alice ? Je n'ai même pas eu le cran de le changer. Je ne sais faire que ça : fuir mes responsabilités et…

— Bon sang, vous n'avez pas bientôt fini de vous autoflageller ? Qu'est-ce qu'il ne faut pas entendre. Écoutez-moi ma grande, ce n'est pas de votre faute si votre mari était accro à la roulette, et ce n'est pas de votre faute non plus, s'il a choisi d'en finir. S'il a fait ce choix, c'est probablement parce qu'il savait qu'il ne parviendrait pas à s'en sortir, et qu'il ne voulait pas vous entrainer dans sa chute, vous et votre fils. C'est tout à son honneur d'ailleurs. Et j'en mettrais ma main à couper que c'est ce qu'il vous confiait dans sa lettre. N'est-ce pas ?

— Vous avez raison, mais…

— Et ce n'est pas de votre faute non plus, si le dernier en date – un beau salopard, si vous me permettez – n'a d'autres loisirs que de passer ses nerfs sur vous à coups de poings dans la figure. Alors reprenez-vous immédiatement et arrêtez de vous lamenter. Carole, vous avez pris la bonne décision, et ce à deux reprises. C'est cette détermination qui fait votre force aujourd'hui. Ne confondez pas ce que vous avez fait avec de la faiblesse. Avec le premier, vous auriez vécu une véritable descente aux enfers, de laquelle vous ne vous seriez sans doute jamais relevée, et avec le second, vous auriez assisté à vos propres funérailles. Alors, vous pensez toujours avoir fait les mauvais choix ?

Carole et Alba restent sans voix. Alice a récité sa tirade comme si elle la préparait depuis des jours, avec une assurance déconcertante et un débit régulier et sans faille. Et surtout, sa résolution ne peut que pousser Carole à se rendre à l'évidence.

Alice ne semble pas décontenancée par l'absence de réaction de ses deux camarades. Elle continue sur sa lancée, exprimant une envie plutôt surprenante.

— Vous croyez qu'il y a une cave à vin dans ce boui-boui ? Je boirais bien un petit bordeaux. Ou n'importe quoi d'autre d'ailleurs, tant qu'il y a de l'alcool. Vous m'avez fichu le moral à plat avec toutes vos histoires. C'est celle qui est la plus près du cercueil, qui remonte le moral aux autres. Non mais vous vous rendez compte ? J'aurais attendu quatre-vingt-treize années pour vivre cela. Peut-être devrais-je vous remercier, Mesdames. Grâce à vous, je pourrai m'en vanter auprès de tous les autres, une fois que j'aurai rejoint mon Lucien.

Carole et Alba restent silencieuses et se rapprochent d'Alice, chacune d'un côté, puis lui déposent simultanément un tendre baiser sur la joue.

Alba accompagne son geste de quelques mots, qui ont le mérite d'arracher un sourire à la vieille dame.

— On se demande bien pourquoi votre Lucien souhaite que vous changiez. Alice, pour nous vous êtes parfaite telle que vous êtes.

57

Alice a trop bu.

Ce n'était pas du bordeaux et il n'y avait aucune cave au sous-sol, mais Alba a ouvert une deuxième bouteille de vin qu'elle a acheté le matin même, dans une mignonne coopérative bio située en plein cœur du bourg. La Syrah est un délicieux cépage typique de la région, avec des arômes et des saveurs étonnantes de fruits noires, tels que la mûre, le cassis et la myrtille, ainsi qu'une structure en bouche puissante et persistante. Alice a presque vidé la bouteille à elle toute seule.

Elle le regrette terriblement.

Allongée sur son lit, Whisky l'a rejointe. Au départ, elle voulait lui demander de déguerpir sur le champ, puis finalement elle n'en a rien fait. La présence de l'animal, chaude et réconfortante, lui fait du bien. C'est Carole qui doit se sentir un peu seule. Mais pour l'heure, elle est toujours dans le salon avec Alba à papoter entre jeunes. Alice les a abandonnées il y a presque une heure, sentant qu'il était temps pour sa vieille carcasse – comme elle se plaît à nommer ce corps tout flétri et douloureux qu'est le sien – d'aller se coucher. Et ne parlons pas de sa tête qui lui donne l'impression d'être sur un paquebot en pleine tempête.

Alice ferme les yeux mais les rouvre aussitôt, la sensation est bien pire quand elle n'y voit rien.

— Avoue que tu as ressenti quelque chose tout à l'heure, mon Alice ?

— Mon Lucien, c'est toi ? Pourquoi as-tu mis si longtemps à revenir ?

— Je n'étais jamais réellement parti.

— Ce n'est pas l'impression que cela m'a donné en tout cas.

— Peu importe. Tu veux bien répondre à ma question, s'il te plaît ?

— Je le ferais volontiers si je savais de quoi tu parles.

— Ne fais pas semblant de ne pas comprendre. J'ai passé plus des trois-quarts de ma vie à tes côtés, je te connais par cœur, mon Alice.

— C'est bon tu as gagné. C'était drôlement bien, tu es content ? Mais elles m'ont prise de court. Elles se sont rapprochées de moi sans prévenir et je n'ai pas eu le temps d'esquiver.

— Hmm, tout compte fait je ne te connais pas aussi bien que je le pensais.

— Pourquoi tu dis ça ?

— Cette mauvaise foi affligeante fait aussi partie de ta nouvelle personnalité ?

— Si tu veux vraiment tout savoir, je crois que je les aime bien. Je les aime même beaucoup. Ça y est, je l'ai dit ! Elles me font rire, elles m'apportent toute la chaleur et les rires que j'ai perdus le jour où je t'ai perdu toi aussi. Elle peuvent être aussi sarcastiques que moi parfois et je t'avoue que cela me dérange un peu. Je pensais avoir le monopole de ce côté-là. Mais je me sens bien avec elles, et même si au départ l'idée de partager mes vacances avec deux inconnues était pour moi impensable, voire insurmontable, je dois reconnaître que cela me fait du bien. Je ne dis pas que j'aurai rempli ma part du marché d'ici la fin du séjour, mais je pense être sur la bonne voie. Du moins avec ces deux personnes-là. Concernant la relation que j'entretiens avec nos voisins, je ne sais pas si je suis tout à fait prête à m'améliorer.

Alice attend une réaction. Rien.

— Malgré tout, mon Lucien, sache que j'ai tout de même fait ce que tu attendais de moi. Pas complément mais presque. Je n'ai pas frappé chez les Lambert ni même chez Madame Perlot ce jour-là. Mais je leur ai écrit une lettre, à chacun, et j'ai missionné ce cher Martin pour la leur remettre en personne. Il devait s'assurer que je sois bel et bien partie avant. Demander pardon par écrit, cela compte aussi ou pas, mon Lucien ?

…

La fatigue et l'abus d'alcool ont rapidement raison d'Alice, qui finit par s'endormir sans avoir obtenu la moindre réponse.

58

Carole dort encore.

Alba vient de se lever et s'apprête à rejoindre Alice dans la cuisine. Dans l'encadrement de la porte, elle s'arrête un instant et admire celle qui lui rappelle tant son arrière-grand-mère, de qui elle a hérité son beau prénom : son dos est voûté, ses cheveux d'un blanc parfait sont courts et légèrement bouclés, sa silhouette est frêle, ses doigts longs et fins tremblent à chacun de ses gestes, et son visage, que le temps a strié à plusieurs endroits, affiche encore par moment quelques expressions enfantines plutôt touchantes.

Alba est émue. Souhaitant éviter de s'attirer les sarcasmes légendaires d'Alice, elle sèche les gouttelettes salées qui coulent le long de ses joues, et entre définitivement dans la pièce.

Alice trempe ses biscottes dans son café au lait. Une terrible migraine l'agresse depuis le réveil. On ne l'y reprendra plus. Le vin, aussi bon soit-il, c'est terminé. Du moins, pas en aussi grande quantité.

Malgré ses tempes qui jouent du tambourin, elle trouve tout de même la force de parler.

— C'est qui ce Élio ?

— Pardon ? Alors comme ça maintenant vous me surveillez ?

— Cela fait plusieurs fois que vous rejetez des appels sur votre téléphone. Une fois seulement, j'ai fait ma curieuse et j'ai vu ce joli prénom s'afficher.

Bien qu'Alba ait en effet quitté l'Espagne pour satisfaire un besoin de voir du pays, de changer d'air, d'apprendre et d'évoluer autrement, Élio est une des raisons qui l'a également encouragée à partir.

— C'est de l'histoire ancienne de toute façon, Alice. Nous sortions ensemble depuis presque un an, et sans que je m'y attende, notre relation s'est terminée du jour au lendemain. Élio est parti sans un mot. Sauf peut-être quelques-uns pour me balancer qu'il ne supportait plus ma cuisine. Quand j'y repense, quel comble pour quelqu'un qui n'a jamais touché une seule casserole de sa vie.

Le témoignage d'Alba, ajouté à celui de Gaspard avec son histoire de caleçons moches, pousse Alice à s'exprimer, non sans un certain agacement.

— Ce n'est vraiment pas croyable ! Je déplore sincèrement le comportement de certains jeunes qui ne prennent même plus la peine de connaître l'être aimé (un bien grand mot pour certains, soit dit en passant) et qui, à la moindre contrariété, le moindre bruit de bouche à table ou encore capuchon de stylo qui traîne partout, sauf sur le stylo, mettent fin à leur relation sans aucun scrupule, et passent à autre chose de la manière la plus naturelle qui soit, comme s'ils changeaient de chemise ou de pantalon. Cela me désole !

— Alice, calmez-vous. Je n'ai pas mon brevet de secouriste et si vous en veniez à faire un arrêt cardiaque, je ne saurais absolument pas comment m'y prendre pour vous réanimer. Bon, et vous alors ? Dites-moi plutôt à quoi, ou à qui, vous vouliez échapper en venant ici ? Nous sommes plutôt bavardes avec Carole depuis le début, mais vous, à part vous moquer de nous ou nous faire la morale, on ne vous a pas beaucoup entendue.

Carole les rejoint au même moment.

— Je ne vous ferai pas l'honneur de ma réponse, mes chères, en revanche j'ai une idée complètement folle que j'aimerais vous proposer. J'y ai pensé toute la nuit et j'ai eu comme une révélation. Je n'ai jamais été aussi sûre de prendre la bonne décision. Je suis tout excitée.

— Quelle bonne humeur dites-moi, ce matin. Vous devriez picoler plus souvent ! se permet Carole, les yeux encore gonflés de fatigue.

— Salut Carole, reprend Alba. Alice, je vous autorise à nous dévoiler votre idée génialissime, à une seule condition.

— Laquelle ?

— Que vous acceptiez d'abord la sortie que j'ai prévue pour notre dernier jour.

— Alba, mes vieux os ne résisteront pas à une nouvelle escapade sur le dos de je ne sais quel animal. Et peu importe lequel d'ailleurs, ils sentent tous mauvais.

Whisky grogne aussitôt, comme si l'animal comprenait. Alice se penche alors difficilement pour le caresser, et peut-être le rassurer aussi un petit peu.

— Mis à part toi, bien entendu. Nous avons passé la nuit ensemble, tout de même !

— Moi, j'accepte. J'adore ton petit grain de folie, Alba, et je te fais entièrement confiance.

Carole ne quitte pas Alice des yeux, qui se sent soudain contrainte de capituler.

— Entendu, c'est d'accord pour moi aussi. Mais je vous préviens que ma vengeance sera sans pitié si c'est encore un coup tordu. Vous m'avez bien comprise ?

— ¡ Maravilloso ![24] Vous ne serez pas déçues, je vous le garantis.

Alba semble soudainement chercher ses mots.

— Euh… en revanche, Alice… euh, pensez-vous pouvoir participer financièrement, s'il vous plaît ? Je tenais vraiment à faire cette sortie avec vous deux, mais c'est assez onéreux. Je dois reconnaitre que je me suis peut-être légèrement emballée sur ce coup.

— J'aurais apprécié que vous évitiez de me mettre devant le fait accompli mais bon, c'est fait c'est fait. Toutefois, vous ne verrez la couleur de mon argent que lorsque je saurai précisément à quoi m'attendre.

---

[24] Merveilleux !

59

— Ouvrez les yeux, vous loupez absolument tout ! La vue est magnifique. Alice ?

— Je vous déteste Alba ! Et concernant les billets, vous patienterez jusqu'à la saint glinglin pour les avoir entre les mains.

La montgolfière a atteint l'altitude de croisière maximale pour un ballon à usage touristique. Un voyage impressionnant à trois mille mètres au-dessus des montagnes, des champs, des rivières, des petits hameaux dont on n'aperçoit que les toits de tuiles rouges, des sites archéologiques et des grandes étendues viticoles. Alba et Carole en prennent plein la vue. Alba est une nouvelle fois fière de son petit effet.

Le décollage fut toutefois chaotique.

Lorsque Alice découvrit leur moyen de locomotion pour les quarante-cinq prochaines minutes, elle voulut faire demi-tour mais leur taxi était déjà reparti, et elle ne se voyait pas faire tout le chemin inverse à pied. Elle se contenta donc de lancer un regard assassin à Alba, qui fut déçue de l'attitude de la vieille dame, pensant en toute franchise, que cette nouvelle expérience lui plairait.

Elle s'était trompée. Pourtant, il n'y a aucun animal malodorant en vue. Faudrait savoir !

Carole, quant à elle, est vraiment ravie de vivre cette aventure, et ses yeux écarquillés témoignent que cela lui procure un plaisir sans précédent. Whisky profite de la vue dans les bras réconfortants de sa maîtresse, mais au bout de dix minutes, l'animal ne réclame pas son reste et préfère se recroqueviller à l'abri des parois de la nacelle.

Alice s'est agrippée fermement aux grosses cordes qui relient la nacelle au ballon. De temps en temps, elle ouvre un peu les yeux, mais le vertige que cela lui provoque les lui fait refermer instantanément.

Dans la confidence depuis le départ, le pilote se permet de passer à l'attaque et d'embêter un peu la passagère la plus âgée qu'il n'ait jamais eue à transporter.

— Mesdames, nous perdons de l'altitude !

— Oh non, quelle horreur ! surjoue Alba, presque le sourire aux lèvres. Elle se moque de son mauvais jeu d'actrice, Alice ne la voit pas de toute façon, et elle se demande même si elle l'entend.

— Il va falloir lâcher du lest, autrement nous allons nous écraser !

Immédiatement, ce dernier mot fait réagir Alice, qui finalement n'a aucun problème d'audition.

— Nous écraser ? Vous rigolez ?

— Absolument pas ma p'tite dame. Nous allons devoir balancer des choses par-dessus bord pour nous alléger et ainsi nous pourrons remonter.

Alice hésite. Remonter, pas question. S'écraser, mieux vaut éviter aussi. Elle se dit néanmoins que s'ils parvenaient à trouver quelque chose de pas trop lourd à jeter par-dessus bord, cela leur permettrait à la fois de remonter légèrement, tout en leur évitant de rejoindre le plancher des vaches un peu trop brutalement.

Elle regarde donc autour d'elle et se penche même délicatement en avant, la tête dans le vide, pour vérifier s'il n'y aurait pas les petits sacs de lest habituellement accrochés autour de la nacelle, et qui permettent justement de réguler l'altitude, affiner le contrôle et compenser la charge. Alice était en colère au moment du décollage, mais elle a bien écouté et surtout retenu les explications du pilote.

Aucun sac. C'est une plaisanterie ?

— Monsieur, excusez-moi, où sont passés les sacs de lest dont vous parliez tout à l'heure, et qui nous auraient justement permis de remonter un peu ?

— Il n'y en a pas, ou très peu, ma p'tite dame. Ma montgolfière utilise surtout la chaleur pour contrôler son altitude. Non, je ne vois qu'une seule solution. Il va falloir que l'une de vous trois se dévoue et saute dans le vide pour sauver les autres.

— Vous avez perdu la tête ? Il doit bien y avoir une solution moins radicale !

— Il y en a bien une, oui, mais je doute qu'elle soit…

— Parlez ! Ou c'est moi qui vous balance par-dessus bord !

Alba et Carole explosent de rire. Un rire de toute évidence communicatif, car le pilote – qui se demandait si la vieille dame était sérieuse ou pas – et Alice, finissent pas les rejoindre.

— Vous me faites marcher depuis le début, c'est ça ?

— En effet, Alice. Pardonnez-nous, mais nous voulions que vous profitiez de la vue et de cette expérience aussi inédite que votre balade à dos d'âne. Vous n'aimez vraiment pas ?

— C'est que j'ai le vertige. Je n'ai jamais aimé être en l'air. Même pour descendre un étage à la maison, je prie, les rares fois où je sors de chez moi, pour que ce satané ascenseur ne soit pas en panne. En haut des marches, je vis un véritable calvaire.

— Première confidence. Je vous félicite. Ne vous en faites pas. Regardez, on se place juste à côté de vous avec Carole, vous ne risquez rien. Gardez les yeux grand ouverts et profitez.

Alice autorise les filles à passer chacune leur bras en-dessous des siens. Au bout de quelques secondes, elle ne tremble pratiquement plus. Elle se sent en confiance.

— Vous vous sentez mieux ?

Alice ne répond pas. La vue lui coupe le souffle. La bouche entrouverte, elle semble enfin apprécier tout ce qui s'offre à elle. Elle reconnaît même le château, situé en plein cœur d'un vallon, qu'elles ont découvert à bord de la navette lors de leur première sortie. Soudain, elle s'exprime avec une exaltation qu'elle ne peut retenir.

— Oh mon dieu !

Pensant qu'il lui arrive quelque chose de grave, Alba et Carole sursautent et s'enquièrent aussitôt de savoir ce qui se passe.

— Alice, tout va bien ?

Le nez toujours en direction du vide, Alice continue.

— Ne serait-ce pas le centre équestre de l'autre abruti là-bas ?

— Euh en effet, vous avez raison. En revanche, vous aviez besoin de hurler comme ça ?

Alice ne relève pas, Alba poursuit d'un air taquin.

— Et je crois bien que la bourrique que l'on aperçoit hors du troupeau et qui essaie de franchir la barrière de l'enclos, n'est autre que votre cher ami Grincheux.

Alice ne relève toujours pas. Elle se contente de sourire et profite de la fin du voyage, de plus en plus détendue.

L'atterrissage s'est très bien passé.

Personne ne fut obligé de se sacrifier. Les filles remercient chaleureusement le pilote, et au moment où Alba s'apprête à régler la prestation, Alice tend une liasse de billets.

— C'est pour moi, les filles. Et vous, gardez la monnaie. J'ai failli vous jeter par-dessus bord mais votre humour fracassant le vaut bien.

— Merci beaucoup, Madame. Revenez quand vous voulez, vous serez toujours la bienvenue.

— N'y comptez pas ! Votre gros ballon n'est pas des plus rassurants comme engin, et je…

Chancelante, Alice continue de parler tout en s'éloignant vers un bosquet.

— … je vous prie de bien vouloir m'excuser un petit instant.

60

De retour au chalet, les filles ont encore des étoiles plein les yeux, et l'estomac d'Alice est totalement vide – une fois sur la terre ferme, elle a vomi tout ce qu'il pouvait contenir. Mais pour la première fois, elle n'a fait aucun commentaire déplaisant. Aurait-elle malgré tout apprécié ce moment hors du temps en plein ciel ?

Assises toutes les trois face au poêle – leur petit rituel depuis plusieurs jours, malgré le climat plutôt doux – elles picorent quelques spécialités préparées par Alba.

— Alice, vous savez que vous me faites énormément penser à mon arrière-grand-mère ? Elle s'appelait Alba, elle aussi. Une femme forte, née juste après la Première Guerre mondiale. Une période où les inégalités sociales s'aggravaient, malgré tout, ses parents lui ont inculqué de belles valeurs qui se perpétuent dans notre famille, de génération en génération. Je l'ai peu connue, malgré tout elle fut un exemple pour moi.

— Nous n'en doutons pas, Alba. Et elle doit être fière de toi, tout comme tes parents, j'imagine. Ton pays et ta famille ne te manquent pas trop ? Tout quitter n'a pas dû être facile.

— Si, parfois. Mais rien n'est irréversible. J'aime votre pays et je compte bien y rester encore un peu. Lorsque j'aurai suffisamment d'argent, je pourrai alors me permettre de rentrer un peu plus souvent. Le voyage n'est pas donné tout de même ! Je sais que mon départ a anéanti ma mère. Elle n'a rien laissé paraître et a fini par accepter, mais depuis la mort de ma petite sœur il y a quelques années, elle est devenue très protectrice envers moi, sa seule enfant désormais.

— Je suis désolée pour ta petite sœur, Alba. Elle s'appelait comment ? intervient Carole.

— Isabel. Elle avait 16 ans quand elle est décédée d'une maladie rare. Son départ, bien que nous y étions préparés, fut extrêmement compliqué à vivre. Mais aujourd'hui ça va. Isabel me manque, bien sûr, mais je préfère la savoir en paix plutôt que de continuer de la voir souffrir comme elle souffrait.

— Il y a des injustices sur cette terre que je ne comprendrai jamais.

— C'est vrai Alice, mais je vais bien, ne vous inquiétez pas. Mes parents représentent tout ce que j'ai à présent et c'est pour ça que j'aimerais économiser le plus rapidement possible pour pouvoir les revoir vite. Et en parlant d'argent, je tenais à vous remercier pour tout à l'heure.

— Oui, je vous remercie moi aussi, ajoute Carole.

— C'était avec plaisir.

Alice est pensive. On dirait qu'elle s'apprête à continuer mais qu'une certaine pudeur l'en empêche.

— Vous vouliez ajouter autre chose peut-être ?

Alba semble lire en elle comme dans un livre ouvert.

— Oui. Euh… non.

— Bon, décidez-vous. Avec Carole nous avons une petite longueur d'avance niveau déballage de sentiments, alors ne vous gênez surtout pas pour nous. Vous trouverez toujours quatre oreilles attentives pour vous écouter. Sachez-le.

Sur ces paroles réconfortantes, Alice se lance.

— C'est juste que je me rends compte que j'ai perdu trop de temps à me morfondre et à en vouloir au monde entier. Quand mon Lucien m'a quittée, nous venions de passer un dimanche matin comme les autres, partageant une valse lente au rythme de la musique qui jaillissait du vieux tourne disque. Puis il a voulu prendre l'escalier pour descendre le sac poubelle. Et c'est le trou noir pour moi. Depuis, je l'entends. Sa voix me guide, un peu comme ma conscience. Mais depuis l'autre soir, il n'est plus là. Et alors j'ai réalisé à quel point le temps était précieux. J'ignore combien d'années, de mois, il me reste à vivre, mais ce dont je suis certaine aujourd'hui, c'est que cette semaine a changé ma vie. Je peux mourir dans la seconde, je ne regretterai absolument rien.

— Alice, nous sommes tellement désolées pour vous. Cela nous touche énormément que vous choisissiez de vous confier enfin à nous. Perdre quelqu'un après tant d'années de vie partagée laisse inévitablement des traces profondes, une fois que l'équilibre est brisé.

— Oui, vous avez raison. Quant à mes confidences, ne vous réjouissez pas trop vite, mes petites. Je ne vous révèlerai jamais mes plus sombres secrets.

— Oh ! On se doute déjà que vous avez enterré vivants tous vos voisins dans la cave de votre immeuble !

Alice sourit. Elle admet que l'idée lui a traversé l'esprit une fois ou deux, mais tout de même, elle n'est pas si cruelle.

Carole prend le relais.

— Même si vous avez zigouillé du monde, on n'imagine pas ce que vous avez dû ressentir ce matin-là. Mais, Alice…

Carole hésite à continuer. Puis elle se décide. Après tout, elle n'a rien à craindre, sauf peut-être qu'Alice lui en veuille d'avoir osé prononcer ces mots.

— … vous savez, la voix de votre époux n'est peut-être pas vraiment là. Ou du moins, si, mais ce n'est pas réellement la sienne. Permettez-moi s'il vous plaît, d'aller jusqu'au bout de ma pensée.

— Allez-y, bien sûr.

Alice attrape une croquette de chorizo encore fumante et n'en fait qu'une seule bouchée.

— Alice, c'est probablement vous qui vous l'êtes imaginée afin de lui laisser la responsabilité de ce que vous feriez par la suite : venir à Alba-la-Romaine, nous rencontrer, vous amuser, reprendre goût à la vie et renouer avec vous-même et votre phobie sociale. Vous ne pensez pas que c'est plutôt à vous, et vous seule, que vous devez cette prise de conscience ?

Alice ne sait pas quoi répondre à cela. Elle croit à la vie après la mort, mais Carole n'aurait-elle pas tout à fait tort finalement ? La voix de Lucien se faisait plus rare dès qu'un début de changement semblait opérer en elle. Cela serait alors plausible.

— Vous avez certainement raison, Carole. Mon Lucien me manque et j'ai peut-être inventé tout ça pour le garder auprès de moi encore un peu.

— Il sera toujours auprès de vous, même si vous ne l'entendez plus… Alice ? Qu'est-ce qui vous arrive ? Vous êtes toute rouge. Alice ? Vous m'entendez ? Alba, fais quelque chose je t'en supplie, elle va…

— C'est probablement la croquette.

— Quoi la croquette ?

— J'ai peut-être un peu abusé sur le piment.

— Tu plaisantes ? Elle ne peut plus respirer là, on fait quoi maintenant ?

— Attends, je réfléchis. Et ne me mets pas la pression s'il te plaît, c'est le meilleur moyen pour que je n'arrive à rien !

— Ok, mais si tu pouvais quand même accélérer la cadence ce serait appréciable. Alba ? J'ai peur là ! Grouille-toi ! Elle change de couleur et vire à présent au violet.

— Du sucre ou du miel !

— Quoi ?

— Il faut lui donner une cuillère à café de sucre ou de miel. Le sucre peut aider à atténuer l'intensité de la brûlure en absorbant une partie de la capsaïcine.

— J'ai pas tout compris, mais je vais essayer de trouver ça. Reste auprès d'elle. Alice, tout va bien se passer, je reviens avec un remède.

La vieille dame se sent mieux. Trois cuillères de miel auront été nécessaires pour que la sensation d'irritation disparaisse totalement. Toutes les trois à présent soulagées, Alba prend la parole.

— Au fait, Alice ? Hier, nous n'en avons pas reparlé, mais un marché est un marché. Vous avez accepté ma sortie sans même savoir de quoi il s'agissait, alors à présent dites-nous qu'elle était votre idée si géniale.

61

— Vous n'êtes pas sérieuse ?

— Alba, écoute-moi. Tu comptes réellement retourner dans ce minuscule appartement avec l'autre barjot et sa boule à zéro, qui t'y attendent probablement de pied ferme ?

— Euh, le tutoiement, c'est nouveau ? Et c'est quoi ce langage ? Alice, est-ce que vous êtes tombée sur la tête ou ce sont les épices qui vous rendent bizarre tout à coup ?

— Laisse-moi terminer, tu veux bien ? Et toi Carole, tu crois sincèrement que tu pourras continuer à vivre dans cette maison où chaque pièce te rappellera un souvenir atroce ? Voyons les filles. C'est une idée en or. Je n'ai pas d'enfant et mes seules amies à présent, c'est vous. Et Hubert bien-sûr.

— Hubert ?

— Mon chauffeur.

— Ah pardon ! Madame Alice Delacour a un chauffeur particulier.

— Il m'accompagne au cimetière chaque dimanche matin et parfois aussi pour faire quelques courses. Mais n'essaie pas de changer de sujet. Le jour où mon Lucien m'a quittée, on a évoqué le fait d'avoir une aide à la maison et j'ai refusé, encore. Je m'en veux aujourd'hui d'avoir toujours rejeté cette idée. Je savais qu'il s'inquiétait pour moi.

— Carole, je crois qu'elle essaie de nous dire qu'elle aimerait que nous soyons ses domestiques.

— Pas tout à fait. Carole, tu pourrais m'aider dans mes démarches administratives et assurer l'intendance de la maison, et toi Alba, tu pourrais nous préparer de bons petits plats, t'occuper du ménage et des courses et…

— Des domestiques donc !

— T'as pas bientôt fini ? Je vous propose que l'on devienne des colocataires à plein temps. Et le loyer ne vous coûtera absolument pas un centime. Vous avez redonné de la couleur à ma vie, je vous dois bien ça. Et je crois surtout que me retrouver seule chez moi, serait la pire chose qui puisse m'arriver depuis le départ de Lucien, et surtout depuis que j'ai croisé votre chemin à toutes les deux. Vous n'imaginez pas à quel point cette toute petite semaine en votre compagnie m'a transformée.

— Bah, c'était le but non ?

— Oui, Alba, mais jamais je n'aurais pensé que j'y arriverais aussi rapidement.

— Alice, c'est totalement insensé. J'ai ma maison, et il y a mon fils aussi. Je ne peux pas tout quitter et m'installer chez vous, à Paris, comme ça sur un coup de tête. Vous le comprenez dites-moi ?

— Bien évidemment et je ne te forcerai jamais la main. Et à toi non plus, Alba. Si vous choisissez de venir vous installer chez moi, je veux que ce soit uniquement parce que vous l'avez décidé.

62

Deux semaines plus tard

— Serge Delord ?
— Que me voulez-vous ?
— J'en déduis donc que c'est vous. Bonjour, Agent Castera. Nous aimerions vous entendre dans le cadre d'une enquête policière.
— C'est quoi ces conneries ? Il est arrivé quelque chose à ma compagne ? Je n'ai aucune nouvelle depuis plus de trois semaines.
— Nous parlerons de tout ça au commissariat si vous voulez bien.
— Au commissariat ? Vous sous-entendez que je suis en état d'arrestation ?
— Je ne sens-entends rien du tout, Monsieur Delord. Vous voulez bien nous suivre s'il vous plaît ? Nous avons justement quelques questions à vous poser au sujet de votre compagne.
— Vous avez de ses nouvelles ?
— On peut dire ça comme ça, en effet.

— Ne jouez pas à ce jeu-là avec moi, Agent je-sais-pas-quoi, ou sinon…

— Ou sinon quoi, Monsieur Delord ?

— Rien. Excusez-moi, je suis sur les nerfs en ce moment, c'est tout. Je ne sais pas où est Carole et ça m'inquiète.

L'agent Castera fait signe à son collègue de s'approcher. Serge se montre alors agressif.

— Ne vous approchez pas de moi, vous ! Ne me touchez pas, putain ! Qu'est-ce que vous me voulez à la fin ? C'est cette salope, c'est ça ? Tout ce qu'elle a pu vous dire, c'est des conneries. Lâchez-moi, merde !

— C'est bon, lâche-le. Monsieur, calmez-vous, ne nous obligez pas à vous passer les menottes.

— Essayez pour voir !

— Vous comme moi n'avons pas envie d'en arriver là, n'est-ce pas ? Comme je vous le disais tout à l'heure, nous voulons simplement vous poser quelques questions, rien de plus. Alors plus vous vous montrerez coopératif et plus vite vous rentrerez chez vous.

Serge redescend en pression et finit par capituler. Il demande un instant à l'agent de police pour attraper sa veste pendue dans l'entrée.

63

Carole

Cela fait deux semaines que nous sommes rentrées et les filles me manquent terriblement. Une semaine, ça peut paraître rien du tout et en même temps, ces quelques jours passés en leur compagnie m'ont redonné espoir.

Avec Whisky, nous sommes au foyer, comme François nous l'avait proposé. Je ne l'ai toujours pas vu depuis mon retour et il ne m'a pas contactée non plus, mis à part le jour de mon départ d'Alba-la-Romaine, pour me confirmer que ma chambre était bien réservée. Il n'avait toujours aucune nouvelle du commissariat.

Je n'ai même pas osé passer devant la maison au cas où je tomberais nez à nez avec Serge. Je n'y retournerai pas tant que je n'aurai pas la certitude qu'il n'y est plus. Je me le suis suffisamment répété, et promis.

J'ai tenté de contacter Rémi aussi ces jours-ci. Je sais qu'il n'a pas changé de numéro de téléphone car la voix sur le répondeur est bien la sienne. Je l'appelle plusieurs fois par jour rien que pour l'entendre, encore et encore. Il doit filtrer mes appels, mais je n'abandonnerai pas.

Les murs du foyer ont été repeints pendant mon absence. La façade principale arbore désormais une fresque géante, colorée et symbolique. Elle représente l'esprit de solidarité envers les victimes de violences conjugales, avec des éléments forts comme des bras et des mains unis, des silhouettes protectrices, des cœurs, des fleurs et des chaînes brisées. L'ensemble est lumineux avec des couleurs vives qui véhiculent l'espoir et l'unité. J'en ai les larmes aux yeux.

— Elle vous plaît j'espère ?

Je reconnais immédiatement la voix de François. Je me retourne et sèche mes larmes.

— Apparemment oui, si j'en crois l'émotion que cela vous procure.

— Elle est magnifique. Qui l'a faite ?

— Il s'agit d'une mission réalisée en partenariat avec les collèges et lycées du secteur. Les jeunes artistes l'ont terminée la veille de votre retour. Vous ne l'aviez pas remarquée avant aujourd'hui ?

— Whisky ne vient jamais de ce côté du parc. Et bêtement, par habitude j'imagine, je n'ai jamais dérogé à ça. Je vais là où la laisse me mène.

François sourit. Je suis si contente et rassurée de le voir. J'ignore pourquoi je lui pose cette question, mais à cet instant précis j'en ai follement envie, et surtout besoin.

— Puis-je vous serrer dans mes bras, s'il vous plaît ?

— Avec plaisir, Carole.

Après quelques longues secondes sans parler, à juste rester là l'un contre l'autre, François intervient.

— Si vous voulez savoir ce que je suis venu vous annoncer, il va falloir me lâcher à présent.

— Oh bien sûr, excusez-moi, c'est juste que…

— Pas de souci. Alors ? Vous voulez savoir ou pas ?

— C'est au sujet de Serge, j'imagine ?

— Oui tout à fait. Voulez-vous qu'on aille s'asseoir un instant ? Ce sera peut-être plus confortable pour vous.

Mon cœur va sortir de ma poitrine. Je tremble.

Je n'aime pas cet air grave qu'il affiche soudain. Je crains le pire. À peine installée, je l'invite à commencer pour ainsi mettre fin à ce suspense insoutenable.

— J'ai eu des nouvelles de l'agent Castera, le responsable de celui qui m'a reçu le premier jour.

— Et ?

— Ils sont intervenus chez vous ce matin et Serge a accepté de les suivre.

— Il ne s'est même pas défendu ?

— Il n'était pas en état d'arrestation, il n'y avait donc aucune raison. Il a donc été entendu, et apparemment il serait passé aux aveux. Il a semble-t-il tenté de nier les faits au départ, mais lorsque l'agent lui a présenté les photos de votre visage tuméfié, de vos bras, de vos cuisses, quelque chose dans son regard a changé. Il est tout d'abord devenu complétement fou. Les policiers ont dû suspendre l'interrogatoire pendant de longues minutes. Il devenait violent, hurlait, cognait sur la table...

Ces mots me glacent le sang une nouvelle fois. Je l'imagine parfaitement entrer dans cet état de transe, de rage incontrôlable. J'en ai la chair de poule.

— ... puis, il s'est calmé et il a fini par tout leur avouer.

— Et il est où actuellement ?

— Toujours au commissariat, en garde à vue. Il sera déféré dès demain matin devant le procureur. Le policier m'a expliqué que ce dernier instruit à charge et que s'il estime qu'il y a suffisamment d'éléments accablants, il peut demander une comparution immédiate devant le juge.

— Et ensuite ?

— Si le magistrat confirme la gravité des faits et que Serge ne revient pas sur sa déclaration, il sera incarcéré en attendant son procès.

— Alors ça y est, c'est fini ?

— Il y a de fortes chances en effet. Je suis venu pour vous annoncer tout ça, mais pas que.

— Qu'est-ce qu'il y a ?

— Il faudrait que vous me suiviez au commissariat pour signer quelques documents.

— Non, je refuse ! François, je ne peux pas…

— Vous ne le verrez pas, il est en cellule dans les sous-sols du bâtiment. Vous n'avez rien à craindre et je resterai avec vous tout le temps.

Si c'est la seule manière pour que cette ordure passe le reste de sa vie derrière les barreaux, je me fais violence et j'accepte de suivre François.

Nous sommes en voiture.

En chemin, je compose de nouveau le numéro de Rémi, mais comme à chaque fois, je tombe directement sur son répondeur. Je ne me dégonfle pas et laisse un message.

— Rémi. C'est maman. Je… ça fait plusieurs fois que j'essaie de te joindre, mais je tombe systématiquement sur ton répondeur. Jusque-là, je n'ai pas osé laisser de message. Aujourd'hui je me lance, et si ça se trouve tu ne l'écouteras même pas. C'est pas grave. J'ai besoin de te parler. J'ai tellement de choses à te dire que je ne sais pas par où commencer. Tu me manques. Tu me manques atrocement. Je suis désolée pour papa. Je ne te l'ai jamais dit car tu ne semblais pas disposé à l'entendre, ni même à m'écouter tout simplement. J'ai souffert de cette situation autant que toi, tu sais ? Je voulais que ton père s'en sorte, je voulais sauver notre famille. Si je ne t'ai rien dit, c'était pour te protéger avant tout. Je voulais que tu restes le plus loin possible de tout ça. Les derniers temps, ça devenait de plus en plus difficile à cacher. Les cartes de paiement bloquées, toutes les lettres de relance et les appels menaçants des créanciers. J'ai essayé de l'aider, je te le promets. Tu as lu sa lettre, mon chéri, tu as donc compris, n'est-ce-pas ? Il était convaincu qu'il n'y avait aucun espoir qu'il s'en sorte. Il avait déjà essayé tant de fois et échoué à chaque tentative. J'y croyais à chaque fois. Je le devais, pour moi, pour papa et surtout pour toi… Je…

Une voix enregistrée m'indique que le temps est dépassé, puis les bips d'une fin d'appel retentissent dans mon oreille. J'aurais encore tellement de choses à lui dire.

— Tout va bien, Carole ?

J'avais complètement oublié que François était là. Je suis toujours dans sa voiture, c'est vrai. Et à en croire le décor qui nous entoure, nous sommes arrivés au commissariat.

— Oui, oui, tout va bien.

— Je suis désolé, j'ai tout entendu mais je ne pouvais pas faire autrement. J'ignorais que vous aviez été mariée et que vous aviez un fils.

— Pas de souci. Vous auriez probablement fini par connaître cette partie de ma vie un jour ou l'autre.

— Les choses vont finir par s'arranger. Il faut toujours garder espoir. Vous êtes prête, on y va ?

64

Alba

Alice a insisté pour payer mes billets retour. Mais vers Paris. Elle a même pris en charge ceux que j'avais achetés pour mon retour dans le Sud-Ouest, non remboursables par la compagnie.

J'ai donc emménagé dans le sixième arrondissement de la Capitale depuis plus d'une dizaine de jours, et j'ai fait la connaissance de Gaspard – qu'Alice ne cesse d'appeler Hubert. Ce dernier m'a dit qu'il m'expliquerait peut-être jour. C'est une longue histoire. Il a surtout l'impression qu'Alice ne comprend pas grand-chose (ou ne fait pas beaucoup d'effort), alors il la laisse l'appeler comme elle veut.

En sortant du commissariat, Carole nous a appelées pour nous annoncer la bonne nouvelle. Ce criminel va enfin payer pour ses actes odieux. Elle semblait rassurée. Elle a mis la maison de ses parents en vente, et une visite a déjà eu lieu la semaine dernière. Il semblerait même que le jeune couple soit sérieusement intéressé. Il ne négocierait même pas le prix, d'après ce qu'elle nous disait. Dès la transaction immobilière terminée, elle sera enfin libérée de toute attache à Lille et pourra avancer. Un nouveau départ pour elle et Whisky. Carole a remis sa lettre de démission au centre social et n'en a pas expliqué les raisons. Bien qu'elle soit tout à fait dans son droit, ses employeurs n'ont pas souhaité déroger au préavis d'un mois. Elle devrait donc nous rejoindre définitivement dans une quinzaine de jours. En attendant, elle et Whisky viennent passer le weekend à Paris. Ils arrivent demain matin, samedi.

Quant à moi, j'ai encore menti, et je n'en suis pas très fière.

Sur les conseils d'Alice, je me suis inventé une tante souffrant d'une maladie extrêmement rare, et qui pourrait passer l'arme à gauche sous peu. J'ai répété bêtement ce que me soufflait Alice sans réellement en comprendre le sens. Je me demande encore ce qu'une arme venait faire dans cette histoire. Bref. Il fallait donc que je rentre de toute urgence en Espagne pour veiller sur ma tata Simona, et sur ma pauvre mère anéantie par cette triste et assommante nouvelle. Il s'agit de sa sœur tout de même !

Alice y croyait dur comme fer à son histoire. Si bien que lorsque j'ai raconté cela à ma mère le soir-même, elle s'est approchée du téléphone, et avec le plus grand sérieux, lui a demandé des nouvelles de sa sœur. Sacrée Alice !

Señora Brival a parfaitement compris et a plaidé ma cause auprès du patron qui, lui, m'a fait cadeau du préavis. Mon contrat à durée indéterminée au Palais Gallien venait de partir en fumée, et j'espère que je n'ai pas fait la plus grosse erreur de ma vie.

Eh oui ! La vie avec Alice n'est pas si facile qu'elle n'y paraît. Les vacances en Ariège n'ont révélé que la partie visible de l'iceberg Delacour.

65

Alice

Nous serons bientôt trois à la maison.

Je ne remercierai jamais assez Alba et Carole d'avoir accepté ma proposition – qu'elles jugent toujours de complètement folle.

J'ai déjà tout prévu avec mon notaire. Tant que je serai en vie, et même une fois que je ne serai plus là, je ferai en sorte qu'aucune d'elles ne regrette sa décision. Et surtout, qu'aucune d'elles ne manque de rien. De ce côté-là, tout est réglé.

Mais pour le moment, Alba a quelques bases fondamentales à revoir, et notamment celles d'apprendre à se déchausser dès qu'elle franchit cette fichue porte d'entrée – et même si elle n'est descendue que pour récupérer le courrier. Cette chipie essaie toujours de négocier afin d'avoir le dernier mot, mais ce qu'elle ignore encore, c'est que je suis indétrônable à ce petit jeu.

La voix de Lucien a définitivement disparu. J'en arrive à la conclusion que Carole avait peut-être raison. Il s'agissait sans doute de ma propre conscience – qui imitait à la perfection la voix de mon Lucien, je maintiens.

Après-demain c'est dimanche, et j'ai demandé aux filles de m'accompagner au cimetière. Mais avant cela, nous avons un repas à préparer pour ce soir. Ce n'est pas que cela me réjouisse particulièrement, mais j'ai invité les Lambert et Madame Perlot à dîner, et c'est promis, je ne mettrai pas de mort au rat dans leur assiette. Les boulettes d'Alba se chargeront de me satisfaire.

Cette dernière a accompagné Hubert à la gare. Carole et Whisky ne devraient plus tarder. J'ai vraiment hâte de les revoir tous les deux.

Avec les filles, nous avons réparti les missions de chacune comme suit : Alba s'occupera de l'élaboration des menus, de l'achat des produits alimentaires, de la préparation des repas et de la gestion des tâches ménagères. Carole, quant à elle, s'occupera de la gestion financière et administrative de l'appartement, de l'entretien et de toute la maintenance. Quant à moi, je cesserai enfin de faire les yeux doux aux voisins, et ferai appel désormais à de vrais professionnels. Je pourrais leur balancer leur quatre vérités si ça me chante, sans craindre qu'ils ne se vexent. Ou du moins, je n'en aurai rien à faire. C'est vrai, après tout, nous ne partagerons pas le même palier.

Grâce aux filles, je vais enfin pouvoir profiter de mes 93 ans, à farnienter toute la journée dans mon fauteuil hors de prix.

— Oh ! Alice, quel magnifique appartement ! Quand vous en parliez, j'imaginais quelque chose de grandiose mais pas à ce point-là. C'est majestueux.

— Bienvenue Carole, et toi aussi Whisky. Dis-donc, tu n'aurais pas pris un petit coup de vieux depuis la dernière fois ?

— Presque douze ans déjà. C'est normal que sa frimousse affiche quelques signes de vieillesse.

— Un peu comme la vôtre, chère Alice ! ajoute Alba en tapant des pieds pour attirer intentionnellement mon attention.

Pour mon plus grand bonheur, elle est en train de retirer ses chaussures sur le paillasson. Tout n'est pas encore perdu avec cette petite qui n'en peut plus de jouer les rebelles.

66

— Bonjour mon Lucien. Je suis en charmante compagnie aujourd'hui. Je te présente Alba, Carole et Whisky – je compte sur toi pour ne pas nous balancer au gardien, d'accord ? Tu sais, Whisky maîtrise l'art du camouflage jusqu'au bout des pattes. Et enfin, voici Hubert, qui cette fois-ci n'attendra pas dans la voiture devant des vidéos qui lui ramollissent le cerveau. Ces personnes font désormais partie de ma vie et elles m'apportent énormément. Il serait temps ! Tu me dirais certainement, si je pouvais t'entendre. Et tu aurais raison. J'ai perdu trop de temps, j'en ai conscience. Et même à mon âge, je peux dire qu'il vaut mieux tard que jamais. Je n'aurai ainsi aucun remord, et cette pensée m'apaise. Ils sont tous les trois adorables avec moi et je dispose enfin de toute l'aide nécessaire à la maison, comme tu le souhaitais. Mieux vaut tard que jamais pour cela aussi, n'est-ce-pas ?

Alice jette un coup d'œil à ses amis et leur fait comprendre, d'un geste de la main, qu'elle n'en a plus pour très longtemps.

— Je voulais te dire aussi, mon Lucien, que je ne viendrai plus aussi souvent maintenant, et j'espère que tu ne m'en voudras pas. Un dimanche par mois me semble satisfaisant. Qu'en penses-tu ?

Aucune réponse, bien entendu. Seule la voix de Gaspard surgit.

— Alors, si Lucien n'y voit aucun inconvénient, moi en revanche je me permets une objection !

— Mon p'tit Hubert, ne te fais aucun souci pour ta rémunération. Elle restera indécente jusqu'à ce que tu ne veuilles plus travailler pour moi. Et ce, quel que soit le nombre de visites au cimetière.

Gaspard semble tranquillisé et adresse un sourire malicieux aux filles.

— Ah ! J'allais oublier, mon Lucien. Je l'ai enfin terminée. Cela faisait bien longtemps que je n'avais pas tricoté, les mailles ne sont pas très droites mais ça ne fait rien. Elle sera assortie à ma jolie robe trop légère, comme tu le disais si bien l'autre jour, et désormais tu ne craindras plus que j'attrape froid quand je te rejoindrai…

Alice vient de sortir de son sempiternel chariot à roulettes, une petite couverture bleue qui semble avoir été tricotée grossièrement. Carole et Alba se regardent et sourient avec tendresse.

— … pour finir, et après je te laisse te reposer, hier soir j'ai invité les Lambert et Madame Perlot à dîner. C'est Alba, notre cuisinière en chef, qui leur a proposé un plat typique de son pays. Tout s'est très bien passé et nos relations se sont apaisées. Chacun a apprécié ma lettre et m'a assuré qu'il ne me tenait pas rigueur de quoi que ce soit. En revanche, je doute qu'ils acceptent une nouvelle invitation de sitôt, si j'en crois leur tête lorsqu'ils ont goûté les croquettes au chorizo d'Alba.

67

Alba

C'est officiel. Nous vivons à trois depuis un mois – à quatre si on compte le vieux Whisky. Et je dois admettre que c'est plutôt confortable de ne pas avoir à se soucier de l'argent qu'il reste sur le compte à la fin du mois.

Alice est aux petits soins et s'assure, comme elle s'y était engagée, à ce que nous ne manquions de rien. Même le chien a droit à des croquettes de luxe et rend visite au vétérinaire toutes les semaines.

Chaque matin, Martin nous apporte le courrier, quand il y en a. Je lui ai dit qu'il pouvait à présent cesser de le faire, mais j'ai cru comprendre qu'il aimait bien Alice, et loin de moi l'envie de le priver de ce petit plaisir quotidien.

Je viens justement de récupérer quelques enveloppes dont une qui m'est adressée. Je reconnais aussitôt cette écriture cursive et ronde.

Les lettres sont reliées entre elles avec des courbes douces et régulières.

Mes mains tremblent. Je rejoins Alice et Carole dans le salon, concentrées sur le livre de compte. J'ai pourtant conseillé plusieurs fois à Alice d'utiliser sa tablette pour cela. Il existe des tableurs qui calculent à votre place. Mais il n'y a rien à faire. Carole se montre trop tolérante à mon sens, mais ce n'est pas mon problème. Tant qu'elle ne vient pas fouiner dans mes petites affaires, tout me va. Jusqu'à présent, je suis assez libre de faire comme bon me semble et je compte bien que ça continue.

Je dépose le reste du courrier sur la table et je m'assois à mon tour, l'enveloppe entre les mains.

— Tout va bien Alba ? Tu es toute pâle.

— C'est ta tante, c'est ça ? Elle est morte ?

— Alice, cette tante n'a jamais existé, souvenez-vous. Vous l'avez imaginée afin de me permettre de…

Alice n'est plus concentrée, elle regarde par la fenêtre, j'abandonne. Ses moments d'absence sont de plus en plus fréquents, mais le médecin, qui passe une fois par semaine, dit que « la machine tourne encore très bien ».

Ma foi, c'est lui le professionnel.

— Tout va bien ? reprend Carole.

— Je suis certaine qu'il s'agit d'une lettre de mon ancienne patronne. Tu sais, la femme dont je vous ai parlé au chalet.

— Et alors ? Qu'est-ce qu'elle te dit ?

— Je ne l'ai pas encore ouverte. Et je ne sais pas si je dois le faire. J'étais parvenue à oublier cette période de ma vie, je ne voudrais pas que de mauvais souvenirs remontent à la surface.

— Tu n'as pas envie de savoir ?

— En fait, je crois que si.

— Alors, fais-le, sinon tu risques de le regretter et de te demander toute ta vie ce qu'elle aurait bien pu écrire dans cette lettre. Je te laisse seule un moment. Je vais aider Alice à se coucher pour sa sieste. Elle était encore debout à 03 h 00. C'est de pire en pire ses insomnies. Et les miennes aussi par la même occasion. Tu as un sommeil de plomb toi ma parole.

— Non, j'ai simplement eu la merveilleuse idée de m'installer dans la chambre la plus éloignée de la sienne.

— Tu es incorrigible. Aller jusqu'à penser à ça. Mais quel fin stratagème, je dois le reconnaître.

Carole sourit puis place ses mains sur les poignées du fauteuil roulant, et elles disparaissent silencieusement dans le couloir. Soudain, un bruit rompt le silence. Le portable de Carole se déplace légèrement sur le plateau en verre de la table. Il vibre. Elle reçoit un appel.

Un prénom s'affiche sur l'écran.

Je lâche aussitôt l'enveloppe que je tenais encore bien serrée dans une main, et je me précipite vers le couloir.

— Carole ! Tiens, décroche vite !

— C'est qui ?

— Décroche, je te dis !

— Allô ?

La dernière image que j'ai vue avant de rejoindre le salon, fut les yeux surpris de Carole qui se remplissaient de larmes.

Sans vraiment réfléchir, j'attrape enfin l'enveloppe et je l'ouvre. Puis dans un geste mal assuré, je retire et déplie le document qu'elle contient.

68

Un an plus tôt

La tête baissée, je regarde le contenu de mon assiette que je n'ai d'ailleurs pas touché. Arnaud n'a pas décroché un mot depuis que sa femme lui a annoncé, en début de repas, que je quittais la maison avant la fin du mois. Le regard qu'il m'a lancé à ce moment-là m'a fait froid dans le dos. Qu'est-ce qu'il s'imaginait ? Que j'allais me laisser faire et ainsi trahir une femme qui ne mérite pas de l'être ? Qu'il pouvait se comporter ainsi dans son dos sans que cela ne me fasse ni chaud ni froid ? Contrairement à ce qu'il doit penser, je n'ai absolument rien révélé à Anne, de ses gestes déplacés, de ses regards insistants et malaisants. Du moins, pas directement. Ce qu'elle m'a avoué me rend triste pour elle et pour les enfants, et c'est admirable d'avoir fait le choix de rester, d'accorder une nouvelle chance à son couple, faisant passer les intérêts de ses enfants avant les siens. Probablement.

Jamais je ne me permettrais de bousculer à ce point la vie de cette femme. C'est son choix et je le respecte. En revanche, je dois partir. Je ne supporterais pas d'être tenue responsable de quoi que ce soit, si un évènement plus important venait à se produire. J'aimais beaucoup Arnaud, au début. Sa gentillesse, sa délicatesse, son attitude tendre et attentive envers les enfants et moi-même, que j'ai fini par trouver inappropriée au fil des jours, des semaines. Est-ce de ma faute ? Toute l'affection et l'admiration que j'avais pour lui, pour sa famille, aurait-elle fini par le convaincre qu'il y avait quelque chose de possible entre nous ? Je ne pense pas, non. Je n'ai jamais eu aucune parole ni même aucun geste qui aurait pu laisser planer le doute. Arnaud est un homme charmant qui sait qu'il plaît aux femmes, mais jamais je n'ai pensé qu'il pourrait y avoir quelque chose entre nous. J'étais là pour travailler, rien d'autre.

Épuisée par sa journée, Anne est montée embrasser les enfants dans leur chambre avant de rejoindre la sienne à son tour. Arnaud est resté en bas. Il regarde la télévision, je crois. Moi, je termine la vaisselle et je suis un peu déçue de ne pas avoir goûté la paella que j'ai pris soin de préparer depuis ce matin, et qui avait l'air vraiment succulente. Par chance, il y a quelques restes dont je me régalerai demain midi.

Je m'apprête enfin à aller me coucher, quand je sens une présence derrière moi. Je suis en bas de l'escalier, je viens de ramasser les derniers jouets que Lucie a oubliés de remonter tout à l'heure, après le dîner. Ce n'est pas faute, pourtant, de le lui avoir demandé plusieurs fois. Ça m'agace fortement mais je crois que ça me manquera encore plus.

Tandis que je me redresse, Arnaud vient se coller contre moi. Je sens la chaleur de son corps et je n'ose pas bouger. Je suis tétanisée, et la première chose à laquelle je pense, est la manière dont réagirait Anne si elle nous surprenait tous les deux, comme ça.

Il respire mon parfum, mes cheveux. Les frissons que cela me procure ne sont pas une réaction de plaisir, mais carrément de dégoût. Je finis par me retourner. Mauvaise idée. Je suis à présent face à lui, nos visages sont très proches. Il me regarde avec insistance et… désir. Ce n'est pas le même homme qui s'est présenté à moi il y a six mois devant la gare. Non, ce n'est pas cet homme, ce père, ce mari exemplaire que j'admirais tant.

— Tu peux me dire la vérité à moi, Alba.
— De quoi vous parlez ?
— De la raison qui te pousse à t'enfuir d'ici.
— Je... j'ai trouvé un nouveau travail, comme vous l'a dit Anne tout à l'heure, et je ne peux pas rester plus...
— Arrête de te moquer de moi. Tu crois que je n'ai pas remarqué ton petit jeu, la façon dont tu me regardes quand Anne a le dos tourné ?
— Mais qu'est-ce que vous racontez. C'est vous qui...
— Alba, tu me rends complétement fou.

Ah, je ne me faisais donc pas d'idée.

Arnaud devient plus oppressant, malgré le fait que je me sois légèrement écartée de lui, et au moment où il essaie de m'embrasser, je me surprends à le gifler avec une force que je ne me connaissais pas. J'ai peur que le bruit ait réveillé Anne.

Rien.

Nous restons là tous les deux, l'un en face de l'autre, sans rien dire. Arnaud place une main sur sa joue. Il ne s'attendait probablement pas à ce que je me permette cela. Je me sens mal.

— Pardonnez-moi, mais vous dépassez les bornes. Vos agissements me mettent mal à l'aise. Je suis vraiment désolée si vous pensez que j'ai mal agi avec vous, mais je travaille pour votre famille et c'est tout. Jamais je n'ai eu l'intention de faire quoi que ce soit de…

— Tu as eu raison Alba. Je méritais cette gifle. En revanche, tu aurais pu le faire avec moins de détermination. Je vais garder la marque pendant des jours, assurément. Et que vais-je dire à Anne si elle s'en aperçoit ?

— C'est vraiment votre seule préoccupation ?

— Je…

— Vous me décevez énormément. Et en plus, vous n'hésiteriez pas une seule seconde à me faire porter le chapeau, si votre compagne venait à découvrir ce que vous osez faire. Ce mariage lui tient à cœur, pour elle, pour vous et pour les enfants, mais permettez-moi de vous dire qu'elle ne vous mérite pas. Je vais partir, et rassurez-vous je ne dirai rien. Contrairement à vous, je ne tiens pas à la voir souffrir. J'espère seulement que vous vous rendrez compte que vous avez une chance inouïe qu'une femme aussi respectable qu'elle veuille vous épouser… Et j'espère aussi que vous ne la gâcherez pas cette fois-ci.

Merde, je crois que j'ai trop parlé.

— Quoi ? Alba, qu'est-ce qu'elle t'a raconté ?

— Vous êtes le mieux placé pour le savoir, je crois.

— C'est de l'histoire ancienne, un simple moment d'égarement, je ne…

— Tout ça ne me regarde pas, Arnaud. Le mieux pour nous deux à présent, est que vous cessiez vos sales manigances jusqu'à ce que je sois définitivement partie. Cela bien sûr, si vous tenez un tant soit peu à votre future épouse. Sinon, et ça me fendrait le cœur d'en arriver là, je me ferai un plaisir de tout lui déballer.

Je me sens l'âme d'une guerrière tout à coup. Lui semble tout penaud et n'essaie même pas de se défendre ou ajouter quoi que ce soit. Il se contente de retirer sa main de mon bras et de grimper l'escalier.

Je suis restée un moment au rez-de-chaussée ce soir-là, triste pour Anne et en même temps, avec l'intime espoir que cette conversation aura un peu arrangé les choses.

69

Ma chère Alba,

Tu t'attendais probablement à recevoir une belle photo de mariage ou une carte de remerciement.

Non, j'y ai renoncé.

Mais surtout ne culpabilise pas, tu n'es responsable de rien. Bien au contraire. J'ai repensé à notre dernière conversation avant que tu nous quittes, et j'avoue qu'elle ne m'a pas laissée insensible. Ce soir-là, je t'ai confié certaines choses concernant mon passé avec Arnaud et c'est vrai, ma décision d'épouser cet homme était prise. Malgré moi, tout est remonté à la surface, et ta mise en garde déguisée m'a fait me poser des questions. J'ai eu une discussion avec Arnaud et j'étais convaincue au fond de moi, qu'il était encore en train de me mentir. Son regard le trahissait.

En réalité, il n'a jamais cessé de faire ses saloperies dans mon dos. Il s'est même permis quelques paroles qui m'étaient insupportables à entendre à ton sujet. Et alors j'ai compris. J'ai compris qu'il s'était montré irrespectueux envers toi et je regrette que tu n'aies pas eu le courage de m'en parler. Mais je comprends. Et je ne t'en veux pas. Ta bonté t'a certainement encouragée à te taire pour nous protéger, les enfants et moi. Je n'ai donc pas épousé Arnaud, il a quitté la maison une semaine après ton départ, me servant les mêmes excuses mielleuses que toutes les fois précédentes. Or cette fois-ci, je n'ai pas cédé.

Je vais bien, Alba, et je tenais à ce que tu le saches, et les enfants aussi. D'ailleurs, ils me parlent souvent de toi (Lucie surtout), alors si tu as envie un jour de revoir Bordeaux, surtout tu m'appelles.

Amicalement,
Anne.

PS : Je n'ai pas répondu à ton texto dans lequel tu me communiquais ta nouvelle adresse. Mais, je l'ai bien reçu (ma lettre en est la preuve) et il m'a fait très plaisir. Paris. Quelle chance ! Profite de la vie Alba, et garde ces belles valeurs qui font de toi celle que tu es.

70

Carole

Je suis plongée dans les comptes.

Alice refuse encore que j'utilise la tablette pour cela. Il est hors de question qu'elle se sépare de son vieux cahier à grands carreaux tout chiffonné. Je m'esquinte donc les yeux, et les bascule de gauche à droite tantôt sur les lignes étroites qui se remplissent au fur et mesure, tantôt sur la petite calculatrice dont le chiffre deux s'avère capricieux, ce qui rend la mission encore plus laborieuse.

— Quand est-ce que tu vas enfin lui dire que tu n'en peux plus de ses méthodes qui datent de l'ère jurassique ?

— Alba, ne soit pas aussi exigeante. Elle t'a déjà accordé tous les appareils derniers cris pour te faciliter la vie niveau ménage, laisse-lui le temps pour moderniser le reste, ok ?

— Tu lui passes tout, c'est affligeant.

— Laisse-la tranquille.

— Je peux te dire que si j'étais à ta place, il y aurait bien longtemps que ce cahier aurait fichu le camp.

— Mais tu n'es pas à ma place, ma chère Alba.

Je dois reconnaître qu'elle n'a pas tout à fait tort. Alice est assez rigide sur certains points, et la faire changer à son âge c'est peine perdue. Avec Alba, nous avons une multitude d'exemples qui le prouvent.

Alice vient de partir. Gaspard passe la prendre à 10 h 00, comme d'habitude, mais désormais chaque premier dimanche du mois. Et ce nouveau rythme semble lui convenir – et à Lucien aussi d'ailleurs. Elle ne parle pratiquement plus de ces intrusions qu'il s'autorisait de temps en temps. Aurait-elle fini par admettre qu'elle s'imaginait entendre sa voix la guider, la réprimander, la rassurer aussi parfois ? Une manière comme une autre de garder l'être tant regretté encore un peu auprès de soi. Cette escapade ariégeoise lui aura permis au moins cela : prendre conscience qu'une petite part de lui restera à jamais en elle, mais que c'est elle et elle seule qui a pris la décision de partir, de changer, de continuer de vivre malgré cette insupportable absence. Sans aucun doute, elle s'est rassurée en pensant que Lucien l'avait guidée dans ses choix, mais en réalité, elle ne le doit qu'à elle-même.

Parmi les nombreuses factures éparpillées sur la table, mon regard s'arrête sur l'une d'elles, émise par l'office notarial qui veille sur les intérêts d'Alice depuis les années 50, décennie de son mariage avec Lucien. À l'époque, c'était le grand-père qui conseillait la famille Delacour ; aujourd'hui, c'est son petit-fils qui a pris la relève. Une histoire de famille, en somme.

Les frais d'honoraires sont élevés, et le peu d'informations dont je dispose ne me permet pas de comprendre exactement de quoi il s'agit. Seule l'indication « acquisition foncière » pourrait m'éclairer, bien que j'avoue ne pas savoir de quoi il pourrait être question. Je prendrai le risque de le lui demander dans les prochains jours, si elle n'évoque pas le sujet avant.

Avec Alice, nous partageons tout, et la transparence est essentielle compte tenu des missions qu'elle m'a confiées à mon arrivée ici, tout comme la confiance. Mais sur ce point, elle a clairement fait le choix de gérer cela de son côté. Dois-je réellement me montrer indiscrète ? J'en parlerai à Alba d'abord. Non peut-être pas tout compte fait. Elle n'hésiterait pas une seule seconde à la travailler au corps pour savoir ce qu'elle mijote dans notre dos, et je ne veux pas être responsable de ça. Tant pis, ça attendra.

Les différentes piles devant moi sont bien organisées : l'une pour les dépenses alimentaires, l'autre pour les fluides (eau, électricité, gaz), et enfin une dernière pour les frais de santé. La récente hospitalisation d'Alice représente un montant considérable. En comparant cela avec le coût mensuel de sa complémentaire santé, je me demande combien elle devrait payer pour être épargnée de telles sommes à débourser, qui plus est, pour une simple intervention chirurgicale qui n'a même pas nécessité un séjour de plus de vingt-quatre heures, et de surcroît, s'est faite sous anesthésie locale. C'est une honte !

Mais sa cataracte va beaucoup mieux. Le chirurgien avait refusé de l'opérer vu son grand âge, mais Alice n'en avait que faire de ses recommandations, elle ne supportait plus de se voir – sans mauvais jeu de mot – dans cet état. Vieille oui, aveugle non.

J'ai invité Rémi à déjeuner aujourd'hui. Il sera accompagné de Sophie et ils resteront quelques jours pour profiter des belles rues de la Capitale. Il n'a jamais quitté le Nord de la France. Le dernier message vocal que je lui ai laissé, l'a beaucoup touché, et il s'est rendu compte qu'il avait été injuste envers moi. Lorsqu'il m'a téléphoné l'autre jour, j'ai cru que je ne parviendrais pas à aligner deux mots, tant j'étais submergée par les émotions.

Tout semble rentrer dans l'ordre dans ma vie et j'ignore à qui je le dois. Alice ? Alba ? François ? Moi ? Un peu tout le monde à la fois, j'imagine.

Le procès de Serge aura lieu dans quelques semaines. Il est toujours incarcéré. La maison de mes parents s'est vendue rapidement et j'ai versé une partie des fonds à l'association dans laquelle je travaillais à Lille, et que j'étais bien triste de quitter. Une manière de me faire pardonner de les avoir abandonnés. Celle que gère François aura reçu un petit don également, afin de remercier du fond du cœur, l'homme sans qui tout cela ne serait probablement jamais arrivé.

Je crois finalement que je viens de trouver la réponse à ma question. Du moins en partie, car je n'oublierai jamais non plus ce qu'Alice a fait pour moi, pour nous avec Alba.

Et je crois surtout que cette nouvelle vie me plaît déjà beaucoup.

71

Alice

J'ai acheté le chalet.

Oui. Le qualifier de « trou perdu et sans âme » était peut-être un tantinet exagéré.

Je n'ai jamais su quoi faire de tout mon argent, j'ai donc pensé que cette acquisition serait une bonne chose. Carole et Alba l'ignorent encore. Je ne compte pas leur en parler dans l'immédiat. Les derniers documents devraient être signés prochainement, et j'ai demandé à Martin de veiller à me remettre en main propre tout courrier adressé par Maître Cornaud. Ce dernier connaît mes réticences quant à l'utilisation d'outils plus modernes, il accepte donc de renoncer à toute communication par messages électroniques, au profit d'un bon vieux document imprimé et mis sous plis avec la plus grande attention.

Je préfère, et il respecte. C'est moi qui paye, c'est donc moi qui décide.

Je souhaite leur faire la surprise. Je leur annoncerai une fois toutes les démarches achevées. Je l'ai d'ailleurs acquis à leur nom. Elles disposent désormais chacune d'une demi-part des Quatre saisons. Et elles pourront changer le nom, si cela les enchante. Je n'y vois aucun inconvénient et je leur fais entièrement confiance, tant qu'elles ne choisissent pas un nom qui rappelle ma douloureuse expérience à dos d'âne, ou celle qui a confirmé que j'ai bel et bien le vertige à plus de trente centimètres au-dessus du sol. Les connaissant, elles en seraient bien capables. Mais si c'est une manière de se souvenir de moi quand je ne serai plus là, et de notre inespérée rencontre, alors qu'elles fassent ce qu'elles veulent. Ce sera parfait quoi qu'elles décident. Ou peut-être pas.

J'attends Hubert sur le bord de la route. Ce gougnafier a le culot de me faire attendre. Il sait pourtant que je déteste ça. J'espère qu'il aura une bonne raison pour justifier son retard.

Assise sur mon déambulateur, je regarde passer les voitures. Oui, les filles ont insisté pour que j'en ai un, et elles s'assurent à chacun de mes déplacements que je le prenne avec moi. J'ai tenté plusieurs fois de sortir sans, mais leurs yeux plus aguerris que les miens ne m'accordent aucun répit.

L'Audi approche enfin. Je râle.

— Tu te fiches de moi ? Cela fait dix minutes que je poireaute sur ce machin inconfortable et…

— Joyeux anniversaire !

Hubert surgit de la voiture avec un gros bouquet de fleurs dans les mains.

— Mais qu'est-ce que tu as fait bon sang ? Je ne te paye pas pour que tu dépenses ton argent dans des achats ridicules.

— Vous ne les aimez pas ?

— Non. Elles sont moches. Tu les as cueillies dans un fossé avant de venir ou quoi ? Ce qui, de fait, expliquerait ton impardonnable retard.

— Je suis sûr que vous les adorez, ce sont vos préférées. Mais ça vous écorcherait de vous montrer rien qu'une petite fois aimable envers moi, n'est-ce pas ?

En plein dans le mil. Ce garçon me surprendra toujours. Il me connaît par cœur et parfois cela m'effraie, et drôlement. Je mets mon égo de côté un instant, et je le remercie pour cette charmante et douce attention qui, contrairement à ce que je laisse paraître, me fait énormément plaisir.

C'est tout guilleret, qu'il m'aide à m'installer à l'avant – la place que mon plus fidèle chauffeur m'attribue désormais à plein temps. Puis il démarre sur les chapeaux de roue, prenant la direction du cimetière. Il sait que je n'aime pas quand il fait cela, j'ai envie de vomir à chaque fois. Et en rentrant, je compte bien profiter du repas que nous a concocté Alba, plutôt que de passer un temps interminable au-dessus des toilettes. D'autant que je les soupçonne, Carole et elle, d'avoir organisé une petite surprise pour mon anniversaire, ce qui expliquerait leurs petites messes basses de ces derniers jours, et la présentation officielle avec Rémi et sa compagne.

Pour me venger du fait qu'il n'ait strictement rien à faire des limitations de vitesse (encore une fois), je me permets une dernière remarque.

— Dis-moi mon p'tit Hubert, ça t'embête si je dépose tes fleurs sur la tombe de Lucien ? Il en sera certainement plus ravi que moi.

ÉPILOGUE

L'été suivant

— Punaise ! Mais comment ça s'ouvre ce truc ? On dirait que c'est bloqué, y'a rien qui vient, bon sang !

— Ils t'ont pourtant bien dit qu'il suffisait de tourner ?

— Oui, comme si je dévissais un bocal de ratatouille. Mais j'y arrive pas. Essaie, toi si tu veux.

— De la ratatouille, tu es sérieuse ?

Carole remet l'urne à Alba qui tente de toutes ses forces de dévisser la partie supérieure, mais rien ne semble se produire non plus.

— Franchement, on a l'air de deux cruches. Tu es sûre qu'on doit les disperser ici ? On n'aurait pas pu l'inhumer plutôt ?

— Non. Elle n'a jamais réellement exprimé ce qu'elle voulait, c'est vrai, mais je pense qu'on a pris la bonne décision. Et ici semble parfaitement approprié. Elle adorait cet endroit.

— Elle ? Whisky était une femelle ?

— Bah oui ! Et je suis sûre que c'est ce qu'elle aurait voulu.

— ¡ Vale ![25] C'est quand même toi la mieux placée pour savoir tout ça. Bon, mais qu'est-ce qu'ils fabriquent ? On aurait bien besoin des gros bras de Gaspard pour nous aider à ouvrir ce machin.

— Surtout ne m'attendez pas !

Affublée d'une grosse paire de lunettes de soleil et d'un foulard pour lui protéger la tête de la chaleur, Alice s'avance dans son fauteuil roulant. C'est son Hubert qui la conduit, comme toujours.

— Tout va bien, Alice. On n'a même pas encore commencé. Déjà, il faudrait qu'on arrive à l'ouvrir.

— Vous savez qu'il existe des contenants spéciaux en cas de dispersion ? C'est bien ce que vous avez précisé au vétérinaire au moins ?

— Bien sûr, Alice. C'est la faute de Carole qui a insisté pour avoir une urne en faïence, ou je ne sais quel matériau un peu trop solide pour mes

---

[25] D'accord !

petits bras, plutôt que celle en carton qui aurait été beaucoup plus simple à ouvrir !

— Whisky méritait le meilleur, même après sa mort. Ne t'en déplaise, ma chère Alba.

Après l'intervention musclée de Gaspard, les cendres ont enfin pu être dispersées, et le petit arbuste planté. Un laurier-tin. Ou viburnum tinus pour les plus connaisseurs. Sur les conseils d'Alice, Carole a choisi celui-là. Persistant et prolifère, il symbolise la résilience et l'éternité. Et Carole n'imaginait pas meilleur symbole pour la petite boule de poils qui l'aura toujours aimée, réconfortée, et à sa manière aussi, protégée.

C'est le visage rempli de larmes que Carole rompt le silence respectueux qui règne dans le petit jardin.

— Je ne connais aucun bénédicité, du coup on se contentera de souhaiter à Whisky, la plus belle et longue seconde vie qui soit possible d'avoir au paradis des chiens.

Alice se racle exagérément la gorge et ne peut s'empêcher d'intervenir.

— Euh, ma chère Carole, un bénédicité sert généralement à exprimer à Dieu toute notre gratitude pour le repas qu'il nous offre. Je doute que ce soit bien approprié à la situation, mais on te l'accorde, tu es sous le coup de l'émotion, très probablement. Et nous le sommes tous d'ailleurs.

Alice est maladroite, indélicate parfois, mais tellement touchante avec sa façon bien à elle de s'exprimer, ses mains frêles qui tremblent, et sa peau abîmée par le temps. Carole aime cette femme de tout son cœur mais ne se gêne pas pour la taquiner un peu.

— Oui, ou alors, je prends un peu d'avance sur le déjeuner. J'ai d'ailleurs invité Marcel à partager le repas avec nous, et je suis certaine qu'il récitera un beau bénédicité bien approprié à la situation.

— Tu as fait quoi ?

— Marcel vient déjeuner avec nous.

— C'est qui Marcel ?

— Eh bien, Gaspard, sache que c'est celui qui a fait découvrir les joies de l'équitation à Alice l'an dernier. Elle ne s'en est pas vantée auprès de toi de toute évidence. Pourtant, ce fut un véritable coup de foudre amical entre ces deux-là ! Et tu ne devineras jamais le prénom de…

— Halte-là ! Petite insolente ! Nous étions d'accord sur le fait de ne plus jamais reparler de ça ! Tu as l'âge d'être ma fille, et si j'en avais la force, je te botterai les fesses à coup de canne. Tu sais pertinemment que…

— Ah ! Parlons-en de ça aussi. Et j'imagine que Gaspard n'est pas non plus au courant de vos derniers exploits, et sur un pauvre gosse en plus ?

Alice ne réagit pas et se met à bouder – on ne changera pas ses vieilles habitudes comme ça.

Gaspard ne relève pas lui non plus. Il est amusé par toutes leurs taquineries, et surtout heureux de voir sa vieille amie heureuse. Elle s'affaiblit de jour en jour et le voyage jusqu'ici l'aura fatiguée un peu plus, mais tant qu'elle garde sa répartie, c'est qu'elle va bien. Bien que sur ce fait, elle ait perdu les mots.

Le jeune homme regarde au loin. Il admire ce paysage verdoyant, ces collines majestueuses, ce château aussi, qu'il devine au milieu de toute cette nature. Et rien que le fait de la contempler vous fait vous sentir vivant.

— Alors c'est ici que le destin vous a conduit ?
— J'ignore si le destin y est pour quelque chose, mais je dois bien admettre que je suis redevable à mon Lucien de m'avoir guidée jusqu'à cet endroit.

Le chalet apparaît derrière eux, inchangé. La porte rouge est toujours là, le grand pin se dresse fièrement, marquant le même virage au bout du petit chemin de terre cabossé.

Installée dans son fauteuil, Alice se tortille légèrement. De la nervosité, peut-être ? Elle veut en avoir le cœur net. Une intuition lui souffle que les filles lui ont caché quelque chose. Malgré son opération jugée réussie par le chirurgien, elle peine à distinguer les lettres depuis sa place. Alors elle demande à Gaspard de la rapprocher, et lorsqu'elle parvient enfin à lire, un sourire mi-dépité, mi-amusé se dessine sur ses lèvres.

Trois noms figurent désormais sur les petites lames de bois…

— Alba, Carole, il faut qu'on parle !

MILLE MERCIS

Chers lecteurs, Chères lectrices,

Avant toute chose, j'aurais envie de dire : Et de trois ! Qui l'aurait cru ? Même pas moi, pour être tout à fait honnête. Quelle incroyable expérience et quelle prouesse artistique et intellectuelle pour moi.

Je ne me prends absolument pas pour une *Aurélie*, une *Virginie* ou encore un *Gilles* (des auteurs que j'aime énormément et qui m'ont donné envie de tenter l'aventure en 2024. Celle de transmettre des émotions rien qu'avec des mots).

Alors, j'ignore si le pari est réussi (hâte d'avoir vos retours), quoi qu'il en soit, sachez que ce troisième roman m'aura autant fait rire que pleurer. Une expérience aussi belle qu'éreintante, avec toutes ces courtes nuits à me relever pour déposer une idée qui se serait assurément évaporée au réveil, toutes ces longues journées passées devant mon écran (presque douze heures d'affilée parfois, sans m'en rendre compte). Et si ce n'est pas le cas de tout le monde à la maison, je ne m'en plains pas.

Bien au contraire.

Cela m'aura valu quelques fois, de mettre les pieds sous la table pour déguster les bons petits plats cuisinés par mon compagnon. Et pour ceux qui le connaissent bien, vous saurez à quel point c'est un exploit ! Alors merci mon chéri pour ta patience et ta compréhension.

Il est vrai que lorsque nous sommes plongés dans l'écriture, tout ce qui existe autour passe souvent au second plan. Je l'avoue. Je l'assume (celles et ceux qui auront osé l'expérience, sauront probablement de quoi je parle). Et pour cela, Laurent, Camille et Paul, je vous demande pardon du fond du cœur.

À cet instant, j'ignore s'il y en aura un quatrième. Jamais dire jamais, il paraît. Je ne le dis donc pas. En revanche une chose est sûre, ces trois premiers auront changé ma vie. Pas une seule seconde, je ne me serais imaginée capable de faire cela : écrire un premier roman, puis sa suite, puis un nouveau. Et cela en seulement un an et demi.

Je l'ai déjà entendu quelques fois de la bouche d'amis, de membres de ma famille, de collègues, ou encore de personnes qui auront croisé ma route et à qui je me serai confiée. Malgré tout, je m'autorise à me le dire aujourd'hui, et vous en serez les premiers témoins : je suis fière de moi.

Mille mercis donc, à toutes et à tous, pour l'intérêt que vous avez porté à cette œuvre (et peut-être aux précédentes aussi), et j'espère qu'Alba, Carole et Alice auront réussi à vous embarquer dans le tourbillon de leur vie.

J'aurais également une pensée toute particulière pour ma collègue Chantal, qui se faisait une joie de lire ce roman, mais qui n'en a pas eu le temps. Elle est partie bien trop tôt…

Ma Chantalou, merci d'avoir supporté mes nombreuses remises en question et mes tout aussi nombreuses sollicitations, que ce soit pour trouver la meilleure formulation de phrase ou encore l'orthographe correcte d'un mot. Nos échanges étaient précieux et vont me manquer terriblement.

Lucy

Autres titres à découvrir (ou redécouvrir)

CASSER TROIS PATTES À UN CANARD
Juin 2024 – TOME 1
ISBN 9782322539482

LES CHATS FONT PAS DES CHIENS
Décembre 2024 – TOME 2
ISBN 978232255957